CW00507439

Richard von Schaukal

Großmutter:

Ein Buch von Tod und Leben

Gespräche mit einer Verstorbenen

Richard von Schaukal: Großmutter: Ein Buch von Tod und Leben. Gespräche mit einer Verstorbenen

Erstdruck: Stuttgart, Deutsche Verlagsanstalt, 1906.

Neuausgabe
Herausgegeben von Karl-Maria Guth
Berlin 2020

Der Text dieser Ausgabe wurde behutsam an die neue deutsche Rechtschreibung angepasst.

Umschlaggestaltung von Thomas Schultz-Overhage unter Verwendung des Bildes: Gustav Klimt, Alte Frau, 1909

Gesetzt aus der Minion Pro, 11 pt

Die Sammlung Hofenberg erscheint im
Verlag der Contumax GmbH & Co. KG, Berlin
Herstellung: BoD – Books on Demand, Norderstedt

ISBN 978-3-7437-3615-3

Bibliografische Information der Deutschen Nationalbibliothek

Die Deutsche Nationalbibliothek verzeichnet diese Publikation in der Deutschen Nationalbibliografie; detaillierte bibliografische Daten sind im Internet über www.dnb.de abrufbar.

Inhalt

Vom Sterben

Großmutter, warum hast du so schwer sterben müssen! Warum hast du so verzweifelt um das Leben gerungen, das du oft so bitter gescholten und von dir gewiesen hattest? Du hast um Hilfe gerufen, du Stolze, Starke, Selbstständige! Und mit der mächtigen Stimme, die so voll und warm war und in der das Erz deines Willens klang, wie ein schön gewölbter Schild klingt, mit der mächtigen Stimme hast du um Hilfe gerufen, dass sie die Fenster verschlossen in allen Zimmern vor wehrlosem Schrecken: so heftig und weithinschallend war deine schöne Stimme, so voll Leben, so voll Lebenssehnsucht, Scheidensqual und Todesfurcht ... Schwer ist der Tod. Schwer wie eine ungeheure Platte, die sich langsam auf einen gefesselten, verzweifelt flatternden Vogel senkt, langsam, mit einem schrecklich kalten, weithinflutenden Schatten. Unerbittlich ist der Tod. Kalt wie ein ungeheures Messer, das langsam einen Riesenstamm zersägt. Endlich, endlich stürzt er schütternd. Und dann ist Stille. Nicht ein allzu fest sitzender Zahn – wie einmal einer bitter-traurig gesagt hat –: die Seele wird ja losgelöst aus einer sehr festen Verbindung, die sie ungern verlässt.

Meint ihr, ihr werdet mir meinen Glauben an die Seele nehmen, Fortschrittlinge, behände schwänzelnde Kaulquappen in den trüben Gewässern menschlicher Errungenschaften und Sicherheiten? Oh, über eure Sicherheiten und Sichtbarkeiten, oh, über den lächerlichen Jammer eurer »Weltanschauungen« und Wissenschaften! Es ist doch so klar, so unmittelbar gewiss, dass die Seele lebt – und weiterlebt! Großmutter, du nicht unsterblich? Deine große, allgütige Seele ausgelöscht, wie eine Lampe verlischt, ein menschlicher Lichtständer, wenn das Öl verbraucht ist? Wohl ist sie uns erloschen, diese liebe, unendlich gütige Seele: wir wandeln in Nacht, da sie uns nicht mehr leuchtet auf dem Lichtständer Körper, nicht mehr aus deinem erkalteten Körper kommt, wie deine warme Stimme aus ihm kam, nicht mehr aus deiner Stimme kommt, wie dein Atem aus deinem Munde kam, nicht mehr aus deinem Atem kommt und deinen lieben, lieben, blauen, alten, märchenguten Augen, deinen lieben, lieben, weißen, weichen Händen, so weich und gut wie nichts mehr auf dieser Welt, kein Vlies und kein Sommerabendhauch, kein Harfenklang und kein Abendläuten, kein Pfühl und keine Hundetreue! Wohl ist uns diese Leuchte erloschen: wir sehen sie nicht mehr; aber sie brennt weiter, drüben, im Reich, aus dem wir kommen, in das wir hinübergehen, wie unser Bild in den Spiegel geht, nur viel, viel geheimnisvoller ...

Nicht mehr als deine Seele lebt sie drüben, denn sie ist aufgegangen in dem Leuchten der vielen und abervielen Seelen des Jenseits. Nicht mehr als deine Seele, denn dein ist sie gewesen, da sie in deinem Körper wohnte, dein war sie, als du unser warst, der Menschen, der von dir nun verlassenen Menschen. Dein war die Seele nur, solange du auf Erden weiltest, ein geliehenes Gut, das zurückgenommen worden ist in die Ewigkeit, aus der es gegeben worden war in die Zeitlichkeit. Nicht mehr als deine Seele lebt sie drüben: ein Tropfen, ist sie zurückgeglitten in das große Wasser, aus dem das Leben der Zeitlichkeit schöpft und schöpft in immer andern, neuen Krügen. Nie gleichen einander die Krüge. Aber sie erinnern oft aneinander. Und das große Wasser der Ewigkeit ist immer in allen Krügen und über ihnen oder unter ihnen. Aber es gibt ja kein Oben und Unten, es gibt auch kein Drüben und Jenseits. Es gibt nur eine unendliche Ewigkeit, und aus ihr ist deine Seele zu dir gekommen und hat dich wieder verlassen, wie ein Wanderer ein Haus verlässt, das ihm Herberge gegeben hat und mit erhellten Fenstern andern ein Wegzeichen gewesen war: jetzt aber liegt es hinter ihm und ist ihm verstummt und ist fort von ihm, und er ist fort von ihm ...

Steigen und Sinken, wechselndes Wandeln ist Leben und Sterben. So erkennen wir's, wir Ärmlichen. Aber es ist kein Steigen und Sinken, kein Wandern und Wallen. Nur auf Erden ist Steigen und Sinken und Wandern und Müdesein und Wachen und Schlafen. Nicht in der Unendlichkeit, nicht in der Ewigkeit. Gott ist die Ewigkeit. Gott ist das große Wasser, aus dem geschöpft wird in vielen und abervielen Gefäßen. Und Gott schöpft selbst aus Gott, und deine Seele, Großmutter, ist wieder bei Gott und in Gott, wie sie von Gott gekommen ist und Gott zu ihr gekommen war. Aber Gott kommt nicht und geht nicht. Er gibt nicht und nimmt nicht. Nur wir empfinden es so. Uns hat er dich gegeben, uns genommen. So erkennen wir es, wir Ärmlichen, die wir in der Zeit sind und im Raum und Schatten werfen und am Körper verschrumpfen, Haare und Zähne verlieren und unsre Kinder verlieren, die uns fern und fremd werden, da sie doch aus uns sind und unserm Leben ihr Leben danken, fern und fremd wie Haare, die uns ausgefallen sind, und wiederum nicht so, sondern viel schrecklicher fremd ...

Großmutter, wo ist deine Seele? Ist sie schon wieder geschöpft worden mit anderen und hat Form gewonnen, wie Wasser Form gewinnt, das ewig formlose? Oder ruht sie ein wenig aus von der Mühsal dieser letzten Fahrt auf der Erde, der steinigen, die voll übler Dünste ist und bedeckt mit welkenden Halmen und herben Gräsern? ... Großmutter, wir werden dich nie mehr sehen. Nie mehr. Aber was wir Tod nennen, ist nur uns Tod. Uns ward der Tod ins Leben gesetzt, eine ewige Strafe, ein seltsam schauerliches Spiel, das uns erschreckt und ängstigt: im fallenden Blatte schreckt es uns, in der platzenden Frucht, im verklingenden Ton. Uns Menschen. Denn kein Ton verklingt, und kein Wasser fällt hinunter: wenn es unten ist, ist es wieder oben. Und kein Stern ist oben und keiner unten. Wir aber, wir Menschen, sind gezwungen, den Tod zu dulden an andern. Er ist ein Ende für uns an andern. Denn wir haben kein Ende, die wir keinen Anfang haben. Gott ist unser Anfang und Ende. Gott ist unsre Seele. Wir sagen: sie kommt von Gott. So können wir's fassen, wir Menschen. Denn dass wir Gott sind, das können wir nicht fassen. Und so sagen wir auch: oben und unten, und so sehen wir Kindheit und Greisenalter und Frühling und Herbst und Winter, die gefrorenen und die stürmenden Flüsse, die Knospen und die Blätter der Bäume. Aber das ist alles nicht wahr. Wahr ist nur Gott, und wir sind wahr in Gott. Alles andre ist unwahr. Denn so lautet unser, der Menschen, schrecklicher Fluch: Begreifet mit euern Sinnen! Nur mit euern Sinnen! Alles andre aber ist Gnade. Gnade ist über alle Sinne wahr und wunderbar. Sie ist wie ein Licht in einem Kerker, wie eine Treppe in einem Turm, wie ein Ruf in der Stille ...

Großmutter, du bist nicht mehr. Nein, dein Du ist nur mehr in uns, und das macht unsre Herzen schwer und unsre Augen trüb und alle unsre Gedanken so erfüllt von wunderbar-traurigen Erinnerungen. – Die wunderbaren Erinnerungen! Ich will dir meine Erinnerungen ins Grab erzählen, liebste Großmutter, und dich so aus mir herauserzählen, nicht ganz, das ist ja nicht möglich, aber ein wenig, damit das Herz um ein geringes leichter und die Augen um ein geringes heller werden und wieder in die Welt taugen, die helle Augen braucht und wache Sinne ...

Großmutter, was bist du mir gewesen! Ich bin alt geworden in einer Stunde, nein, in einem Augenblick. Ich schlief und wusste nicht, dass ich alt geworden sei. Vielleicht aber hab ich es deutlich erlebt, in jenem andern Leben, das wir Traum nennen. Wir benennen ja alles und befreien uns so von der Pein der Rätsel. Uns selbst benennen wir mit Namen, die schon lang im Kalender gestanden haben, und wir unterscheiden uns voneinander durch Kleider und Berufe und Worte und alle diese Erbärmlichkeiten: wir hielten's ja nicht aus ohne die Namen und Berufe unter den schrecklichen Rätseln dieser uns so wohlbekannten, ach so unbekannten Wohnung der Erde, dieser uns so wohlbekannten, ach so unbekannten Wohnung des Körpers. Die Kinder, diese wehrlosen fremden Ankömmlinge, sind noch ohne Namen, aber sie werden bald mit ihnen versehen, hastig, fast schadenfroh damit versehen, und langsam, langsam legt sich Staub, dichter Staub der Menschlichkeit auf den reinen Spiegel ihrer Seele, der Gott spiegelt, wie Blumen Gott spiegeln und stille Bergseen, wo noch keine blau- und weißgestrichenen Ruderboote schaukeln ...

Großmutter, ich will dir leise von der Kindheit erzählen. Und soll ich dir von den Tagen erzählen, da du ein Kind gewesen bist? Ach Gott, wie lange ist das her! Zweiundsiebzig Jahre fast, dass du ein Kind warst mit ungetrübten Augen, die Gott schauen! Denn ein Glanz von drüben ist in Kinderaugen, der bald, sehr bald sich verflüchtigt ...

Von der verstoßenen Schönheit

Großmutter, das war eine schöne, schöne Zeit damals, als du jung warst! Damals gab es noch Männer und Frauen mit stillen, innigen Augen und gelassenen Schritten, Männer und Frauen mit tiefen, warmen Herzen und sanften, blauen Träumen. Damals war ja die Schönheit noch unter den Menschen, mitten unter ihnen, auf dem Markte, in ihren niedrigen, behaglichen Stuben, in ihren Gärten hinter den lebenden Hecken.

Auf seinen festgegründeten Schlössern saß der landtreue alte Adel und noch nicht die Holz- und Zuckerbarone; auf seinem eigenen Boden stand der Bürger und schaffte für Kinder und Enkel in regsamem Fleiße; der Handwerker, vom Künstler beraten, selbst ein bedächtiger Künstler, gab Stück um Stück an sorgfältig und erfahren Wählende. Heute ragt allenthalben qualmend Schlot an Schlot; um die Knie der tausend Kolosse wimmelt's von gehetztem, bleichen Elend; Städte und Länder aber überfluten die wohlfeilen Massenerzeugnisse einer immer verruchter gesteigerten Technik, sie drängen sich, falsch und gleißend, neben das Edle, Gewachsene, stoßen es weg, treten das Gediegen-Schlichte unter ihre tausend trampelnden Füße. Die Menschen, hastig, zerfahren, atemlos, haben keine Augen mehr, sondern dumpfe, angelaufene, erblindete Löcher im Kopf. Oh, über ihre Unrast und Würdelosigkeit! Wie stumpf sind ihre Sinne geworden! Welch ein Höllenlärm der Leere ist um uns!

Wie anders, Großmutter, zu deiner Zeit! Damals hatten die Menschen noch Rhythmus, anmutige Melodie in ihren Beziehungen zur Mit- und Umwelt. Wie beruhigt konnten die Sinne sich entfalten.

Großmutter, wie schön war es, da du jung warst! Dein Vater verfertigte aus Silber zierliche Körbe und schwere, getriebene Leuchter; unter seinen Gesellen wog er den edeln Stoff, verteilte die Arbeit, schob den Gewinst in die Lade. Und war sein Tagewerk vollbracht, dann wusch er Gesicht und Hände, kleidete sich in den feinen blauen Tuchrock und die gelben gestrupften Nankinghosen, tat den blanken Kastor auf das glattgescheitelte Haupt und fuhr mit seinen Kindern in der eignen Kalesche hinaus durch die blühende Lindenallee zu seinem Garten. Und Garten lag an Garten gereiht, und in ihnen, abseits von der Straße, standen weiße Häuser mit breiter Stirn, schön gegliedert in drei Längenteile, das Mittelstück vorgerückt. Tief hinab reichten die gegiebelten Dächer. Und der Vorbau ruhte auf vier schlanken Säulen, um die sich Wein oder Efeu rankte. Weiße Rahmen umschlossen zärtlich die tüchtigen Fenster, an der glatten Tür blinkte das messingne Schloss mit kräftiger Klinke. Orangen- und Lorbeerbäume standen in grünen Kübeln zuseiten der leicht geschwungenen Rampe ...

Und du tratest an der Hand des Vaters, den du bewundertest als den schönsten, gütigsten und gerechtesten Mann, in den gebohnerten räumlichen Flur. Da lagen die Zimmer in wohlig atmender Kühle, und wohin du auch blicktest, zwischen Reben, dein seliges Kinderauge fand sich beruhigt im Einklange mit der sanft zur Weihe des Hauses geladenen Natur. Da gab es träumende Sandsteinbänke, murmelnde Springbrunnen, eine Flora etwa in der dunklen beschnittenen Taxuswand, einen kleinen Amor, der den Bogen spannte, moosübersponnen. Weißt du, Großmutter, was sie heute mit deinen Häusern machen, diese Barbaren, unter denen dein geängstigter Enkel lebt? Sie verachten sie, nennen sie mit groben Namen, weisen höhnend auf die Risse der ehrwürdigen Mauern und ringen die Hände über die wohnliche Niedrigkeit ihrer lieben weißgetünchten Decken.

Die alten Gärten betrachten sie mit missbilligendem Kopfschütteln. Sie wollen nichts wissen von ihren verschwiegenen Geißblattlauben, ihren weich und schmiegsam vom Rasen umlagerten Brunnenrändern. Sie messen mit berechnendem Stirnrunzeln die Bauplätze und brechen deine lieben alten Häuser ab, ihre Mongolenschrecknisse von Aftergebäuden schändend an die geweihten Stätten deiner Jugend zu setzen. Da regt es sich bald von klotzigen Ziegelhaufen, »verziert« vom Affensinn der Neuzeitlichen mit Urnen und Pyramiden, Medaillons und Lyren, Göttinnen und Festons, Zinken und Türmchen, alles durcheinander, wie's eben kommt und im Formenbuche steht oder als neu gilt. Bis ans Dach aber muss das entsetzliche Haus angefüllt werden mit Einwohnern: drei Zimmer und eine Küche, drei Zimmer und eine Küche, drei Zimmer und eine Küche und noch einmal und noch zehnmal so.

Die Gärten aber der Ahnen, tief und schattig gebreitet in gelassenem Rhythmus, heute sind sie auf ein mageres Endchen verringert, mit der Elle zugemessen und hinter angestrichenen Bleirohren mit vergoldeten Blechspitzen in ihrer frierenden Armut schamlos zur Schau gestellt. Meterhohe, verschieden gefärbte Buchstaben brüllen und quieken auf allen Mauern. Vor schmalen, lächerlich langen Fenstern ohne Bord hängen Blechkästen für krüppelige Topfgewächse, und zwischen gigantischen Firmenschildern fast erdrückt sind da und dort ängstlich-enge, schenkelniedrige gusseiserne Balkons an die Fronten genagelt, aber elektrisches Licht »durchflutet« allabendlich die mit dem Schockfirlefanz der Galanteriewarenhändler angeräumten, nach Fußbodenwichse und der anstoßenden Küche riechenden Räume.

Wo ist die Schönheit hin, die ihr in den Adern trugt, ausatmet wie den Atem, den euch Gott gegeben hatte, einsogt wie den Duft eurer geliebten Blumengärten! Hässlich und unsäglich traurig ist diese

Welt des »Fortschritts« geworden, bei all ihrem unaufhörlichen Geklapper bettelarm! Oh, ihr seid arm, Nachfahren erlauchter Ahnen, arm bis ins enge Gehirn, ins engere Herz hinein! Ruhelos stoßt ihr einander durchs Leben. Eure Vergnügungen sind Orgien der nackten behaarten Barbarei, eure Sorgen wie Stechmücken quälende Daseinsfragen, die ihr euch in Reinkultur heraufziehtet. Ihr habt kein Heim, keinen Hof, keine gefällige Kleidung, keine Sitte mehr. Sitte, anmutige Ordnerin der übereinander schwebend gelagerten Gesellschaftskreise, wo bist du in dieser Welt der frechen Nüchternheit, der Gottesvereinsamung geblieben, die von Jobbern, Protzen und Zeilenschmierern regiert wird? Du Welt, in allen Furchen und Falten deiner welken Fratze gleißend von verlogenem Liberalismus, Welt der Güterschlächtereien und der falschen Diamanten, der Gips»supraporten«, die Holzgesims vorstellen, der »Glasmalereien« aus Papier, der gestärkten »Vorhemden« über schafwollener Unterwäsche, der Plüschfauteuils auf Drahtgebein!

Großmutter, um das hohe, schwere, eichene Tor des Hauses deiner Ahnen, das zu stolz war, in der »Fassade« den Prunk zu entfalten, der verborgen-gediegen in den Zimmern sich den Insassen schenkte, um die einst so sorglich bewässerten Stämme der mannesdicken Platanen und Ulmen deines väterlichen Hofes – bald wird man sie niederschlagen: man braucht ja Platz – webt dein versöhnender Schatten. Du zürnst ihnen nicht, den verblendeten Tempelräubern, du, die du zu den Quellen zurückgekehrt bist, an denen die aus dem Leben verstoßene Schönheit leise weinend weilt, den Quellen, die um Gott rauschen, den Vereinsamten ...

Ananas

Eine zornige Grabrede

Großmutter, hör, was ich lese. In Karlsbad, unserm lieben alten Karlsbad, fällt deine »Ananas«! »Ananas« fällt. Ein Symbol scheint mir das warme, geräumige, anheimelnde Haus mit den grünen Fensterladen, den tiefen – nicht wie's der Protzensinn der Gegenwart fordert, lächerlich hohen – Zimmern, deren Wohnlichkeit ihr gediegenes Ausmaß wundersam bedingt. An seine Stelle kommt ein Sparkas-sapalast. Man sieht ihn schon im schaudernden Geiste, den tönernen Riesen mit seinen Wülsten, Säulchen und Erkern! Was sich das Schillerhaus »Weißer Schwan« denken wird, wenn es ihn neben sich aufwachsen sieht, den ekeln Emporkömmling? Ob wohl ein Kalkrieseln des Entsetzens durch seine braven alten Glieder rinnt, wenn es der entarteten Kinder und Enkel denkt? Ja, Schillerhaus, so sind sie, die Enkel! Ohne Pietät, ohne Anmut und Würde, banal-prosaisch, kauf-männisch-breitspurig, mit einem bedauernden Achselzucken als Ant-wort auf deine bangen Fragen, wohin das führen solle. Wohin das führen soll? Niederreißen wird man dich, »Weißer Schwan«, nieder-reißen wird man dich, zierlicher »Strauß«, trotz deiner Goethe-Gedenk-tafel, niederreißen wird man dich, schlanker, heiterer »Mozart«, wenn eure Zeit gekommen sein wird. Und sie kommt. Sie kommt mit den bekannten Riesenschritten, klobig wie ein Schlächter, breitmäulig grinsend wie ein Marktbudenathlet. Alles wird sie zerstampfen, was edel, innig, heiter, zierlich, lieblich, zart, schlank, fein und leise ist, alles. Das ist ja der Fortschritt. Dafür werden auch allenthalben die Gassen breiter und der Kronenbazare mehr. Was willst du, »Weißer Schwan«? Was ficht dich an zu murren? Was murmelst du da von Stimmung? Stimmung? Kennen wir nicht in der Zeit der nervenzer-stampfenden Straßengeräusche und Schnurrbartbinden. Derlei Zwecklosigkeiten mögen zu Herrn von Schillers – Gott hab ihn selig, den Mann mit der »Glocke«! – kleinbürgerlichen Zeiten Wert gehabt haben: wir haben andre Werte heute in der Brieftasche. Weg mit der »Ananas«, weg mit seinem edeln Mahagonigerät (Nussbaum mit auf-gepappten Goldleisten und Renaissanceknäufen »macht« viel mehr »her«), weg mit allem alten Gerümpel: wir brauchen Luft und – Lichthöfe, hohe Fenster mit gerafften Samtdraperien, Blattpflanzen aus Stoff und ein Grammofon in den Salon, schön postiert auf das »Prachtwerk« mit Goldschnitt: das Ansichtskartenalbum …! So leben wir, Großmutter. Ist es nicht eine Lust zu leben? …

Von dem Erwachen der Seele

Jüngst bin ich einer wunderbaren Frau begegnet. Sie hat ein starkes, kühnes und doch unendlich freundliches Herz und einen prachtvollen Glauben an ihre Mitmenschen. Sie ist erfüllt von milder Güte und bewegt von inniger Sorge, wie ein Baum vom Winde geschüttelt von treibenden Kräften. Sie hat den unbändigen Drang, sich vielen mitzuteilen. Alle möchte sie umfassen mit den seligen Armen ihrer großen Lehre von der Wiedergeburt der Seele. Großmutter, seltsam hat mich diese milde und doch so starke Frau an dich gemahnt. Du bist keine Predigerin gewesen, keine Verkünderin. Du hast in dein Haupt nicht die Welt der Meinungen aufgenommen wie in eine mächtige Scheuer, wo die Dreschmaschine rasend Taubes von Vollem scheidet. Du hast nicht die Zungen der Völker besessen, selbst dein braves Deutsch nicht nach den Regeln beherrscht – wenn mir auch deine kernige, vollsaftige und immer mit menschlichstem Gehalt erfüllte Sprache tausendmal lieber war als die verblasene, eitle, windige, gauklerische der Literaten von heute –, du hättest bescheiden den grauen Kopf geschüttelt zu den fremden Klängen: aber, Großmutter, dir war der goldene Schlüssel zu den Zaubergärten dieser seltsamen Frau anvertraut. Sie spricht von ihrer ragenden Terrasse, und unten ist viel Volk gelagert und lässt übeln Atem und gepressten Schweißgeruch und Kleiderdunst aufsteigen zu der Verkünderin. Du aber hättest rückwärts durch die einsamen Laubengänge Einlass gefunden in die Mitte ihres Reiches, wohin kaum die Ahnungen, geschweige denn die Blicke jener hastigen Horde von Hörern und noch viel mehr Hörerinnen dringen. Großmutter, was sie meint, diese seltsame Frau, die so schrecklich irrt in ihrem Glauben an ihre Mitmenschen, das war dir gegeben. Das »Reich der Mitte« hatte dir längst den Ehrenbürgerbrief ausgestellt. Du aber ließest ihn uneröffnet liegen. Du standest nicht um äußere Zeichen an, die du die Wissenschaft des Unbewussten hegtest und *lebtest*. Großmutter, lass mich dir von dieser starken Frau erzählen, die dir so lieblich ähnelt, weil sie auch ein so unendlich großes treues Herz besitzt, wie du eines besessen hast in deinen Erdentagen.

Diese alte Frau verkündet eine neue Zeit der Seele. Sie sagt, sie sehe ihre steigende Morgenröte. Und sie ruft alle Menschen zum Frühgebet herbei an ihre Seite. Die Menschen aber kommen eilfertig und verlangen ihre Schriftzüge auf Ansichtskarten und Fotografien. Sie verkündet den strahlenden Tag der freien Seele, die adelig ist und in der Verbannung lebt, eine gescholtene Magd, und die Menschen verwechseln den holden Wahnsinn ihrer Wachträume mit dem salböltriefenden Geschwätz der neuen unechten Dichter, die wie eine Heuschreckenwolke vor den Gestirnen der Dichtung stehen. Sie verkündet die Auferstehung der von zähen Satzungen geknechteten Liebe, und die Leute schließen ja doch ihre Ehen auch weiterhin aufgrund von Steuerangaben.

Großmutter, du hättest den kühnen Worten mit deinem alten Kopfe nicht immer zu folgen vermocht, aber du hättest die Kindern und Tieren huldreichen müden Augen verstanden. Du hättest die unermüdliche Rechte gedrückt mit deiner unermüdlichen Rechten – dass jene Bücher schreibt und du deinen Enkeln Strümpfe stricktest, hat nichts Wesentliches zu besagen –, und ihr hättet euch begegnet auf den von Gottes Liebe überstrahlten Gefilden der Armen im Geiste. Denn diese Frau, eine Reiche im Geiste, ist doch eigentlich eine Gefährtin der seligen Armen, denen nach Christi Verheißung das Himmelreich bereitet ist. Sie irrt, wenn sie sich an die gläsernen Intelligenzen wendet und in der Sprache der gottfremden Büchermenschen ihre Lehren verkündet. Sie irrt, denn die ihr folgen, sind nicht Jünger, sondern Publikum. Endlos drängt sich die Schar ihr nach. Sie schreitet voran, mild und glücklich, führen zu dürfen. Aber sie wendet sich einst und erschrickt, denn die ihr gefolgt sind, haben fremde Mienen, in denen das dummsüße Lächeln der Neugierde erschlafft ist. Und die Frau irrt, wenn sie in dieser hässlichen, verlorenen Zeit kostbare Samenkörner streut eines besseren Diesseits. Eine drängende Menge von geistigen Abenteurern zertritt sie. Du hättest ihnen den kleinen gepflegten, altmodischen Garten deines Kinderglaubens als Heimstätte dargeboten, und die edeln Blumen, die der fruchtbaren Erde entsprossen wären, hätten sich schwesterlich den Stiefmütterchen und Georginen deines liebevoll gehegten Erbgutes gesellt.

Wo sind sie denn, die »Menschen der Seele«, an deren Pforten die Wünsche dieser überzeugungssicheren Frau klopfen? Einsam und unerkannt wandeln sie in der öden Fremde dieser lauten Tage. Manche schämen sich ihrer Abkunft und verleugnen die Herrin. Andre fürchten den Zorn der Nützlichkeitsapostel und färben feige ihr Antlitz.

Viele aber haben die Sprache der andern wie eine Maske angenommen und sprechen mit ihrer sanften Gebieterin nur in der Stille der Nacht. Es dämmert kein Jahrhundert der Seele herauf, edle Frau. Was du für die Morgenröte des kommenden Tages hältst, ist der letzte glühende Schein des Unterganges. Bald kommt die Dämmerung, grau und feucht, bald leuchten nur noch die künstlichen Lichter der Neuzeit und betäuben den stillen Schein der ewigen Sterne.

Damals aber, als du jung warst, Großmutter, lebte die Seele noch unter uns. Frei trug sie ihr schönes Haupt, ihren göttlichen Blick über den hügeligen Marktplatz unter dem Schatten des Rathausturmes, wo der Herkulesbrunnen rauschte im gehüteten Efeu, damals, als man noch Herz besaß für seine Heimstätten, Herz für die Kinder, Herz für Pferde und Hunde, als man noch unter blühenden Kirschenbäumen zu wandeln den Träumersinn hatte, den angestammten Hausrat ehrte, in blanken Glaskasten und mächtigen Schränken, als noch zärtliche Künstler mit feinen Fingern die Miniaturbildnisse der Familienglieder auf Email malten und die Fenster der guten Stuben mit rankendem Wein umwachsen waren, als weiße Vorhänge der Sonne, leicht wallend im Luftwehen vom Garten her, Einlass gewährten, als die Kinder den Eltern noch »Sie« sagten, damals, da Ehrfurcht und Sitte, Innigkeit und Anmut noch arglos im Freien gediehen, von weißen Blumen schimmernde Wiesen bescheidener Schönheit!

Die Witwe

Großmutter, du hast bei mir gesessen, wenn ich zu Prüfungen lernte. Ich hatte mir's angewöhnt, einen Zuhörer zu haben. Dann ging die Arbeit flotter vonstatten. Laut lernen muss ich, denn beim stummen Lesen flogen mir immer die Gedanken fort. Und wenn ich, was ich las, gleichsam lehrte, merkte ich mir die Sachen besser. Du aber warst die geduldigste, gutmütigste Hörerin, die es geben konnte. Mama traf's lange nicht so gut, und die Schwester war trotz löblichem Ehrgeize, mir auch so unentbehrlich zu werden, unbrauchbar für mich, da ich ihre Anwesenheit »nicht ernst nahm«. Dich nahm ich ganz ernst, ja ich behielt dir Abschnitte auf, besonders im deutschen Recht, von denen ich mir einbildete, sie »interessierten« dich ganz besonders.

Und während des Lernens gab's doch auch manchmal Gespräche, ernste und heitere, wie's eben kam, meist wohl ernste, auch recht traurige, denn du warst furchtbar schwermütig geworden in den letzten Jahren. Es lag auf dir wie eine Last, und dein früher so aufrechter Gang war auch müd und vornübergebeugt geworden. Wir wollten's nicht glauben, dass du alt wärst, obwohl du's, seit ich denken kann, uns versichertest. Großmutter, ich glaube, schon mit dreißig Jahren hast du dich alt gefühlt. Oder gar noch früher. Denn deine Jugend ist kurz gewesen. Du hast als Achtzehnjährige geheiratet, in drei Jahren gebarst du deinem geliebten Manne drei Kinder. Dann legte er sich hin und starb dir. Und seit der Zeit war die Fröhlichkeit von dir gewichen. Du hast die Witwentracht nicht mehr abgelegt. Deine Traurigkeit haderte wohl manchmal mit Gott und geißelte dich dann zur Strafe für deine Unbotmäßigkeit. Denn Gott war dir vertraut als der Herr und Meister deines Lebens. An ihn wandtest du dich mit deinen bitteren Sorgen, deinen stummen Klagen. Deine Kinder aber hieltest du an, sich ihm zu weihen mit ihren Gedanken und in allem seine Weisungen zu befolgen. Dein verstorbener Mann jedoch, mein unbekannter Großvater, war der Mittler. Und aus dem Mittler war allmählich ein Gegenstand des sehnsüchtigsten, aufreibendsten Dienstes geworden. An seinem Sterbetage, der in den Herbst fiel, nahmst du die Kinder in deine dunkle Kammer, und kniend warb ihr bei dem Allmächtigen um seiner Seele ewigen Frieden. Dein Flehen ward zu einer verzehrenden Festlichkeit des Schmerzes. Und deine kleinen Kinder wussten nicht, was du von ihnen begehrtest. Da war eines, das jüngste, ein schwarzhaariges, grauäugiges Mädchen, das bebte vor der düsteren Jahresstunde, zitterte in Angst vor diesem Unsichtbaren, der über dem Vater die harte Hand gebreitet hielt. Wer war dieser schreckliche Gott, der so um Barmherzigkeit angefleht werden musste? … Ins finstere Gemach strahlte ein ferner Stern. An seinen Anblick klammerte sich die Kleine … Das ist der Vater, rief's in ihr. Und wie zu einem milden Auge, das Trost und Frieden niedersandte, blühte weicher, duftender neben den murmelnden Bitten der Geschwister, den gepressten Seufzern, dem tiefen Stöhnen der Mutter ihr kindlich vertrauendes Gebet empor.

So warst du, Großmutter, in der Zeit der Frauenreife. Schlicht schloss das gescheitelte Haar sich an dein ernstes Antlitz, die sorgenden

Schläfen. Und schwer entrang sich damals schon der bangen Brust
der Atem des Schlafes. Über dich ist niemals der Frieden gekommen,
den du segnend ausstrahltest. Dein Herz war immer viel zu schwer.

Der Stadthügel

Wenn man vom Franzensberg niedersteigt auf steilem Weg an drei
Tümpeln vorbei, in denen Frösche eintönig quaken, blickt man über
eine niedrige Einfassungsmauer aus Ziegeln hinaus ins flache Land,
wo abends die Lichtzeichen grün und rot aufleuchten und einsame
Schlote rauchen. Unten am Hange kauern düstere Hütten. Man sieht
über Dächer, sieht eiserne Hängeberge an den Hofwänden, wo Wäsche
schlapp niederbaumelt und Katzen schleichen. Dann kommen wieder
ein paar magere Bäume, dann die Straße, die zu dem Vororte führt,
und weiter hinten beginnt das Gelände der Bahndämme. Dort ist die
große Ferne. Dort wohnt eine graue Sehnsucht. Es ist ein unsäglich
müder Anblick, müde wie Wehmut, der Tränen verwehrt sind ... Das
alles ist nur so, wenn man hinuntersteigt. Geht man hinauf, kräftigen
Schrittes, nicht dieses stockenden, der Halt sucht und gegen das Rut-
schen sich stemmt, dann steigt hinter Gebüsch der Himmel auf, und
man nähert sich dem Gebiet der Kinder. Sie spielen in der sorglosen
Obhut von Mädchen in ländlichen Kopftüchern, unter die sich, die
»Virginier« im Munde, Soldaten mischen. Über dem Getriebe, das
wie ein Mückenschwarm summt, erhebt sich ernst und feierlich der
Obelisk aus den Zeiten der Siege Österreichs. Und im Schatten dichter
Bäume rauscht ein alter Brunnen unter der »Kolonnade«. Ein Giebel
von ruhigen antiken Maßen, schön und breit ausladend über einer
stillen Reihe glatter Säulen, das Ganze auf geräumiger Rampe erreich-
bar. Im Sand aber spielen die Kinder, und der Himmel dunkelt und
dunkelt ... O Tage der Kindheit, wo ist eure wundersame, geheimnisvolle Weite? Wie klang der Brunnen süß melodisch in dieses stumme
Beschäftigtsein um einen mächtigen Sandhaufen! Wo sind die sonder-
baren Käfer und die merkwürdigen Schnecken? Wo ist das zitternde
Grün von hohen, hohen Baumwipfeln über dem aufblickenden Kin-
derhaupte? Auf seinen Stock gestützt, im graublauen Blusenkittel,
wandelt der alte, mürrische Invalide, eine Märchenerscheinung. Gegen

den abendroten Himmel hebt sich der träumende Obelisk. Und langsam, zögernd fallen Blätter ...

Der alte Garten

Da ist der alte Hof – durch eine nicht eben breite Einfahrt, die den Kindern eine unermessliche Ausdehnung bedeutete, gelangt man hinein –, der alte Hof mit der buntbemalten Brunnenwand und der weinlaubbekleideten Hausmeisterwohnung neben der Waschküche, aus der immer der warme beizende Seifendampf quoll. Ein paar Stufen führen zum Garten hinab. Er ist von mannshohen Mauern umgeben und scheint außerhalb der Welt zu liegen. Zwei Teppichrasenstücke, eirund im rechten Winkel zueinander gelegen, erfüllen ihn fast. Um sie schlingt sich, in verbogenem Achter in sich selbst zurücklaufend, der mit reinlichem roten Sande bestreute Weg. Katzengold blinkt vertraut. Inmitten des einen Runds steht eine alte tönerne Vase auf gleichfalls tönerner Säule. Efeu gleitet aus der Urne und schmiegt sich um den schlanken Schaft. Hoch aus dem Weinlaub des anstoßenden Fabrikgebäudes – das war noch eine Fabrik aus der guten alten Zeit, ein beschauliches Werk, dessen einförmiges Riemengesumme zur Ruhe des kleinen Gartens wunderbar stimmte; sie hat sich auch der neuen Zeit nicht erwehren können und ist noch vor ihrem Besitzer sanft entschlafen –, hoch aus der Weinlaubwand ragt der eiserne Zeiger der Sonnenuhr; ihre Ziffern haben sich unter dem Blattwerk verkrochen. Am Rande des zweiten, größeren und schlankeren Rasenrunds befindet sich »das Bassin«. Niemals hat ein Kind noch seine Tiefe ermessen. Es ist schauerlich-süß, da hinunterzuschauen. Vorsichtig lässt man sich zu diesem Behuf auf die Knie nieder, legt die Hände auf die steinerne Einfassung – und jetzt, den Atem angehalten, beugt man sich langsam, langsam vor. Mit offenem Munde – die Augen senken sich neugierig unter den sinkenden Lidern – blickt man hinab. Plätschernd, erschreckt durch den großen Schatten, taucht ein Goldfischlein unter. Und nun erscheint fragend das eigene Antlitz im langsam sich wieder glättenden Wasserspiegel. Unbeweglich steht der blecherne Kranich inmitten des immer nass blitzenden und grün schillernden Steinhaufens. In seinem geöffneten Schnabel steckt das

Spritzröhrchen. Man kann es ein- und ausschrauben. Nimmt man's herab und dreht die Leitung auf, so sprudelt und gluckert das Wasser ihm über die Mundwinkel und rieselt über den geplusterten Rücken. Ach, wer die Leitung einmal selbst aufdrehen dürfte! Dort nebenan ist die geheimnisvolle Stelle. Ein runder, fürchterlich schwerer Deckel, mit daumenbreitem Mittelloche zum Aufheben … Einmal war da hinabgesehen worden. Es war wunderbar gewesen. Unten ist Sand. Genau solcher Sand wie auf dem Gartenwege. Sehr begreiflicherweise: wir haben ihn ja alle unermüdlich durch die kleine Öffnung hinabgestoßen mit den nie zur Ruhe gelangenden Füßchen. Dieser Sand ist genässt. Denn das Rohr ist etwas durchlässig. Und dort wimmeln leise große Laufkäfer. Huh, wenn jetzt einer heraufkäme! Sie sind ganz anders als die, denen man ab und zu, freudig überrascht jedes Mal, begegnet. Viel, viel größer und von dunklerer Färbung. Die armen im Garten haben manches auszustehen, wenn man sie auch, bei Gott, niemals tätlich, das heißt mit Fingerangriffen gegen ihren immer so ängstlich behänden Leib misshandelt; man versperrt ihnen durch Zweigstückchen oder große Kiesel den Weg, bedeckt sie mit Sand und lässt sie sich mühsam wieder hervorarbeiten … Was für Reichtümer birgt überhaupt dieser unergründliche Garten! Da sind die Gebüsche an der Grenzmauer. Man kann hinter ihnen im kühlen Düster einhergehen, auch behutsam darunter schleichen, das Knicken gefallener Äste vermeidend, man kann plötzlich aus ihnen hervorbrechen und die Tannennadeln wie nach langer Irrfahrt von den Schultern und aus den Haaren schütteln. Man kann sich in ihren Schatten lagernd niederlassen, kauernd nur dem eigenen Atem lauschen, in wunderbarer Bangigkeit vor dieser rieselnden Stille. Da spinnt sich ein feines, zitterndes Gewebe zwischen zwei Zweigen. An einem langen Faden hängt ein Tierchen und schwingt wie ein Uhrpendel. Ein Kohlweißling flattert heran, lässt sich taumelnd auf eine Blume nieder, sticht mit seinem kleinen Rüssel wiederholt in den Kelch, saugt und bewegt dabei unaufhörlich die fluchtbereiten, feinadrigen Flügel. Plötzlich fällt ein großer Zapfen von hoch oben herab. Dumpf tönt sein Aufschlag. Man sieht eratmend hinauf: noch schwingt der verlassene Ast. –

Dort ist das berühmte Bäumchen, an das die »Stracka« alljährlich die ersten Kirschen anbindet. Das sieht wunderhübsch aus, die roten, vollen Kugelfrüchte gegen das dunkle Grün. Die Stracka sagt zwar, das tue der liebe Gott. Aber man weiß schon, dass der liebe Gott doch nicht so ohne Weiteres über die Stiege in den Garten hereinkommt. Und dann hat ja die Stracka immer noch ein paar Sträußchen Kirschen in der blauen Schürze, wenn sie die Kinder mit staunenden Bewegungen ihres dürren Oberkörpers, auf dem der faltige Hals wie der eines Huhnes aufsitzt, herbeiruft. Die Stracka – sollte man es glauben! – ist auch einmal jung gewesen und schön, sogar sehr schön. Stolz rühmt sie sich französischen Blutes: in den Franzosenkriegen hat ihre Mutter einem Grenadier gefallen ... Und nicht nur diese romantische Geschichte wusste die Stracka, sie war überhaupt voll von Geschichten: die richtige Märchenamme. Deine Amme, Großmutter – ist's denn menschenmöglich? –, deine Amme wandelte unter uns Kindern und erzählte ihnen die Märchen und Sagen der deutschen Vorwelt, diese unerschöpflichen Märchen und Sagen, in denen alles Gold der Treue und alle Edelsteine der Tapferkeit und der Schönheit gesammelt sind zum ewigen Gedächtnis. Da war Genoveva, die hehre Magd, im langen blonden Haar, mit der Hirschkuh, da war Roland, der ins Horn stieß im Tale von Ronceval, bis ihm am Halse die Adern sprangen, da war der Däumling, der nachts vom Baume herab das schimmernde Licht erspäht ... Weniger märchenhaft war der Stracka sonderliches Gebaren im Hause ihrer Wohltäter. Die Großtante, von deren Gnade sie das Ausgedinge hatte, erfuhr von ihren vertrockneten Lippen nur Böses. Groll gegen die gute milde Frau erfüllte ihr Greisenherz bis an den Rand. Die andern aber, die ihr bei Gelegenheit einen Trunk verabreichen ließen oder ein kleines Geldgeschenk, die pries sie und lobte in falsch tönendem Überschwang ihre Güte. Den Kindern ist sie zeitlebens eine warme Freundin geblieben. Sie hat alle Geburts- und Namensfeste mit ihren Sprüchen begleitet; die Stracka gehörte zu solch einem Tage. Es war unumgänglich, sie in der Küche zu begrüßen, wo sie, steif aufgerichtet, das saubere Kopftuch über den schneeweißen, sorglich gescheitelten Strähnen, vor ihrem Glase Wein saß. Und ohne Gabe kam sie niemals: ein paar Blumen, die erste Obstgattung des Monats, eine Kleinigkeit vom Jahrmarkt.

Noch einen Freund, der längst dahingegangen ist, muss ich dir beschwören, Großmutter, den du eben nicht leiden mochtest, weil er so unerhört schmutzig war, den alten Hausmeister, »Pantato« in drolliger Verballhornung genannt, ein sanftmütiges, verschrumpeltes Ungetüm, ein fast trottelhafter Mensch, aber die demütige Güte selbst. Die Stracka liebte ihn durchaus nicht, der im Hof ein eignes Häuschen besaß, während sie draußen in der Vorstadt nächtigte. Er war wie ein zahnloser greiser Hund, der immer mit müdem Schwanze wedelt und die Schnauze grinsend verzieht zu freundlicher Bewillkommnung. Er schlürfte in seinen Schlapfen, die klebrige Kappe auf dem ungewaschenen grauen Kopfe, in geschäftiger Eile und dabei so vergesslich wie ein Kaninchen durch den Hof, den Hausflur. Zu jedem Gange war er erbötig. Manchmal aber saß er ganz in sich eingesunken, die Kappe zwischen den mageren Knien, den Kopf gesenkt, auf dem Küchenhockerl und schien der Welt entrückt. Ob in diesem alten armen Schädel je zusammenhängende Gedanken kreisten? Und ob der »Pantato« andres als die Erinnerungen der Hundetreue hegte? ... Es gibt keine solchen Diener mehr ...

Märchen

Am Vorabende von Andersens 100. Geburtstage

Großmutter, du bist noch in der Märchenzeit jung gewesen. Heut erzählen sie ja den Kindern nicht mehr die richtigen Märchen. Ich bin noch im schönen Herbste deiner Märchenzeit Kind gewesen. Aber heut ist frostiger Winter der »Bestrebungen«: »Neue Buchkunst«, »Neuer Stil« usw., alle diese lächerlichen und beschämenden Ausreden für einen großen, großen Mangel: den an Innerlichkeit, an Seelenwärme, daraus die Märchen stammen und in der die Dichter werden, Dichter, wie dieser einer war, dessen hundertsten Geburtstag morgen alle Zeitungsschreiber auf ihre Art mit Druckerschwärze begießen werden ...

Denk ich an Andersen, wird mein Herz rege vor Glücksbangen und breitet mit eins die Flügel aus und fliegt in die Heimat der Kindheit, ins dunkle Land vor Tagesanbruch. Andersen! Ich kann mir keinen rechten Menschen denken, einen nach meinem Sinne, der über Sonnenfunkeln auf Silbergerät zum Beispiel mit seinem ganzen Körper sich freut oder über die weiße verschlafene Ruhe eines tief im Grün alter Bäume träumenden Gartenschlösschens, keinen rechten Men-

schen, ohne dass ich seine Kindheit mit diesem teuern Namen verknüpft sähe. Denn Andersen ist kein Märchenerzähler, dessen gleich-
gültigen Namen das Kind vergisst oder überhört: er ist ein bis an den
Rand gefüllter körperlicher Begriff für das Kind, ein Freund, der erzählt, wie niemand sonst, nicht einer von den vielen Namen, die ihm
dann auf dem steinigen Wege durch die Schule wie Dornen an die
hurtigen Beine greifen. Andersen ist eine Welt für sich, eine Welt mit
einem eigenen Himmelblau und eigenen Wiesen, Türmen und Brücken,
lieben, blauäugigen Träumermenschen und Träumerdingen. Andersen
ist nicht wie ein einzelnes schönes Märchen vom Dornröschen oder
vom Hans im Glück, er ist wie Gott in seinem Bereich allmächtig und
allwissend. Man hat ihn überall, in jedem Baum und jedem Stein und
niemals doch von Angesicht zu Angesicht, aber tief drinnen im Herzen.
Und wenn das Herz wächst und der kleine Mensch mit ihm, dann
wird Andersen immer größer und breitet sich endlich aus wie die Luft
oder wie der feine Duft einer Blume in einem Gemach, und diesen
Duft trägt man im Leben mit sich und wird ihn nie mehr los, nie
mehr. Ich meine, es müsste einem Menschen an den Augen abzulesen
sein – freilich erst, wenn man sich tief in sie hineingelesen hat –, ob
er als Kind Andersen erhalten hat wie ein kostbares Wiegenangebinde
von der Fee der Seele ... Kennt ihr die Sonntagnachmittagswehmut?
Kennt ihr die Melancholie der Geburtstagsabende? Kennt ihr diese
Sehnsucht, die ein Erinnern ist und ein inbrünstiges Begehren nach
einem ewig Unerreichbaren zugleich; kommt sie nicht aus den unendlichen Räumen, in denen die Sterne lautlos wandeln, ist es nicht die
Kühle der Welten, die uns schauern macht, und wiederum zugleich
die arme ersterbende Kachelofenwärme der Menschenwelt? Warum
diese Träume des Kindes von Fernen und Meeren und Höhen und
Tiefen? Ist dies nicht einer der feinen Fäden, die zu Gott führen?
Mahnt diese Sehnsucht nicht an eine andere, bessere Heimat? Warum
weinen wir manchmal in Dämmerstunden und begreifen nicht, was
wir beweinen? Eine unsägliche nebelnde Traurigkeit ist in allen Dingen,
die dem Menschen gehören, seinen Festen und Spielen, seinen Wan-
derfahrten und Heimkünften. Immer nimmt er Abschied, mit jedem
Schritte, jedem Atemzug entfernt er sich vom Gewissen ins Ungewisse,
und wiederum wird ihm Gewisses zu Ungewissem, wenn er zurück-
blickt. Alles Geschehen wandelt sich ihm in ein Gewesensein, alles

Werden rinnt ihm unter den haltsuchenden Füßen hinweg ins Zeitlose. Und wenn er atemholend stehen bleibt und sich an die Stirn greift: Wer bin ich?, ruft es in ihm wie aus unendlichen Fernen: Der du gewesen bist. Diese Trauer kommt vom Tode, von dem wir wissen und den wir nicht kennen. Der Tod hockt hinter jedem blühenden Strauch, finster im verschwimmenden Dunstkreis strahlender Lichter webt sein kältender Schatten. Die Heimat aber ist Gott. In ihm sind wir gewesen, zu ihm gehen wir. Doch inmitten starrt die Wand des Todes, auf der sich unser Leben seltsam wie in einem bodenlosen Spiegel spiegelt, fremd, wie Nebeldämpfe, ewig wehend, verwehend. Habt ihr diese Traurigkeit bei Andersen gefunden? ...

Großmutter, du warst noch in der Frühlingszeit der Märchen jung, dieser wie alle Frühlingszeiten so melodisch traurigen Zeit. Heut aber haben sie »Bestrebungen«. Sie machen Kinderbücher, und jede Albernheit, die ihnen zu schlecht ist für die »Erwachsenen«, die abfällt aus ihrem, wie sie glauben, so klugen Tagesleben als ein geringelter Hobelschnitz, sammeln sie: »Für unsere Kleinen«. Als ob den Kindern nicht die Heimat gehörte, die wunderbare, aus der alles Leben kommt, die bessere Heimat, wo die Farben duftender sind und die Töne höher und tiefer als die Tonleitern der menschlichen Tonkunst, alle Schwingen breiter und alle Düfte verheißender mit der Kraft der Kelche erfüllt. Als ob wir »Großen« nicht von der Schönheit der Kinder hinwegstürben in zehrender Krankheit, austrockneten und verfielen, wie die Haare uns ausfallen und die Adern vertrocknen! O Märchenland der Kindheit! Nur ein huschender Blick wie hinter verbotene Vorhänge ist uns in deine grüne Tiefe gestattet. Einmal aber kommt ein Dichter mit einer Kindes-, einer Gottesseele und spricht die Urworte der Kindheit, diese süßen, traumhaften, großen und starken Worte der Schöpfungstage, und die Erwachsenen nennen ihn Hans Christian Andersen. Die Zeitungsschreiber jedoch sagen: »Sein bestes Werk sind unstreitig die Märchen. Sie haben ihn auch berühmt gemacht.« Die Zeitungsschreiber, die kennen sich aus in dieser Welt der Bestrebungen. Sie bilden sich auch ein, sie seien es eigentlich, die Hans Christian Andersen berühmt gemacht haben. Und nun tun sie desgleichen an den Pfadfindern »neuer Stile« und verbuchen mit wichtiger Miene ihre Erfahrungen aus der »Kunst im Leben des Kindes«. Die Zeitungsschreiber sind glücklich. Sie wissen alles. Sie verstehen alles. Sie benennen alles. Mögen sie glücklich bleiben. Wir andern, Großmutter, wir wissen nichts und verstehen nichts – am wenigsten die Kinder, nicht wahr?

Der Liebling

Am Abende des fünften Geburtstages meines Buben

Großmutter, ich bin immer dein Liebling gewesen. Und mein kleiner Hans hätte mich darin noch bei Lebzeiten beerben sollen. Du aber hast von uns gehen müssen, ehe er groß und klug genug herangewachsen war, auch nur dein Bild zu behalten. Du hast von uns gehen müssen, ehe du mehr von ihm hast gewahren können als das leise dumpfe Werden eines kleinen Kindes, das viel bedeuten kann, nichts verheißt. Wie gern, Großmutter, hätte ich dir diesen meinen Liebling abgetreten, dass er dein Liebling geworden wäre! Still hätte ich mich im Hintergrunde gehalten, willig zugesehen, wie deine Liebe sich um ihn gerankt haben würde. Ich hätte ja auf so viel verzichten dürfen, der ich so viel besessen hatte durch dich. – Und er war so selig bereit, zu empfangen. Selig sind die Empfangenden, selig sind, die beschenkt werden. Die Schenker geben hin und geben hin, und wenn sie innehalten im Geben, welken sie ab und sterben. Wer nicht mehr gibt, stirbt. Selig sind die Empfangenden ...

Ich muss dir etwas sagen, Großmutter, du sagst es ja nicht weiter. Als er heute früh erwachte, da war ihm von uns der Tisch mit den Geschenken vor sein Bett getragen worden, leise, auf dass er nicht vorzeitig geweckt werde, sondern erst, wenn sein gesunder Schlaf abgelaufen wäre, wie eine Sanduhr abläuft, dieser gesunde Schlaf der Kinder, den man nicht stören soll: es ist eine Sünde wider den heiligen Geist der Kinder, der wächst in solchem guten, gesunden Schlafe. Sein Tisch war ihm vor das Gitterbett getragen worden, und als er sich zurechtfand aus der Traumwelt in die Welt des Tages und, die blauen Augen langsam öffnend, diese Welt an sich herankommen ließ, die so weit weg von ihm gewesen war, während er schlief, da blickten die blauen Augen erstaunt und glücklich, lang und neugierig in den Lichtschein von fünf Kerzenflammen, den Schein von fünf dünnen

Wachskerzchen, die um die Geburtstagstorte herum standen, jede Kerze ein Jahr, jede Kerze ein vom Menschenscharfsinn abgewogenes Menschenteil Ewigkeit. Und nun traten wir langsam hervor, und da saß er schon, auf seinen Arm gestützt, halb aufrecht im Bettchen und überblickte die Geschenke, unter denen zum ersten Mal das deine fehlte, liebe, liebe Großmutter, und ich beugte mich über ihn und küsste ihn auf die weiße Stirne, die noch ganz rein ist von schwülen Gedanken, wie sie später daran hängenbleiben, wenn man in die Wolkenregion der Sorgen und Nörgeleien des Lebens hinaufwächst. Als ich ihm aber eines der Märchenbücher überreichte, die auf dem Tisch gelegen hatten, Großmutter, und er es in die kleinen heißen Hände nahm und darin blätterte – es waren Bechsteins Märchen mit den Bildern von Ludwig Richter, diesen kerndeutschen Bildern voll Zauber und heimlichen Unheimlichkeiten zu den hausbackenen Worten des guten Bechstein –, da schlug er den Schmied von Jüterbog auf, und da war der Tod abgebildet, ein grässliches Gerippe. Der kleine Hans aber zog die Stirne kraus, wie er es immer tut, wenn ihm irgendetwas missfällt, und meinte: »Das ist aber nicht sehr schön, nicht wahr, das da?«, und deutete nur mit den Lippen auf das hässliche Bild des Todes. Ich habe seine Mutter kaum mit den Blicken gestreift. Aber in uns beiden war dieselbe trübe Angst und das wie außerhalb der Zeit schwebende Bangen der großen Ungewissheit: schaudernd beugt man sich über einen Abgrund ...

Nicht wahr, Großmutter, das hat nichts Böses zu bedeuten? Nicht wahr, das war ein argloses Geschehnis, etwas Selbstverständliches? Denn ist nicht der Tod im Leben, ist er nicht mitten darin, sitzt in uns, um uns, haucht uns an und ist unser Freund und Gefährte? Nicht ein Schlusspunkt ist der Tod, sondern ein begleitender Ton, der durch unser ganzes Dasein rauscht. Und dass mein kleiner Hans gerade sein hässliches Gerippe, wie es die hässlichen Menschen erfunden haben, am Morgen seines fünften Geburtstages, in aller Frühe, als er sich kaum den Schlaf aus den blauen Augen gerieben hatte, erblicken musste, das war etwas ganz Natürliches, war wie ein Atemzug dieses Allgegenwärtigen, Milden, Versöhnlichen, dieses Freundes des Lebens? Großmutter, du bist ja bei Gott, frag ihn, wenn die Engel leiser sein Lob singen, frag ihn, ob er gerade meinen kleinen Hans gemeint hat, da er ihm den Tod zeigte am Morgen seines fünften Geburtstages.

Nicht wahr, er hat ihn nicht gemeint? Oder gemeint, wie er alle meint? Und es bedarf nicht eines Holzschnittes von Ludwig Richter, dieses treuen Freundes der Kinder, dieses innigen deutschen Dichterzeichners, dass Gott einem Kinde den Tod zeigt? Gott ist nicht grausam. Gott ist gerecht. Gott hat auch nicht den Geburtstagsmorgen eines kleinen Buben in Acht, er spielt nicht, wie alte Kerzelweiber spielen, mit dem Bilde des Todes. Er hat den Tod in die Welt gesandt, auf dass die Menschen ihm entgegen leben. Die Menschen leben ja nur im Schatten des Todes, der manchmal freilich um den einen kühler wird und kühler, und dann stirbt dieser eine. Aber alle Menschen, die Fröhlichen, die Reichen, die in Kutschen fahren und die auf die Berge steigen, die auf den Feldern wandern und die sie bebauen und, auf die Harke gestützt, in die grünen Wälder jenseits der Äcker einen tiefen, trinkenden Blick hinsenden, alle Menschen leben im großen Schatten des Todes, der von Gott ist und ihnen vertraut sein soll wie der Duft ihrer Blumen vor dem Fenster, wie der Hauch ihres Mundes. Nur die Menschen, haben den Tod von sich weggehalten, sodass er ihnen fremd ward und nun wie ein fürchterliches Gespenst in den Bilderbüchern der Kinder abgeschildert ist. – Großmutter, ich empfehle dir meinen Liebling: Lass deine milde Güte auf ihm ruhen wie einen ganz warmen Schatten des Todes! Lass ihn in diesem wundervollen goldigen Schatten deiner Güte wachsen und reifen, auf dass er eingehe in die Herrlichkeit des Lebens, das zum Tode führt, selbstverständlicherweise zum Tode führt, wie alle Gedanken der Menschen zu Gott führen, ob sie eine Lustfahrt miteinander besprechen oder einen Kranz miteinander wählen für die Bahre eines Verblichenen! Großmutter, ich bin dein Liebling gewesen. Nie vergesse ich die Liebe, die aus deinen schweigenden Augen auf mich herniederglänzte, wenn du mich mit gefalteten Händen betrachtetest. Nie vergesse ich dir deine immer erlösenden Worte, nie die weiche Sanftmut deiner segnenden Hände. Lass ihn, der mein Liebling ist, wandeln unter deinem warmen Schatten! Er merkt es nicht. Aber sein Schritt soll kräftig schreiten, sicher durchs große Land des Lebens, seine Augen sollen recht von innen heraus aufleuchten von Glauben an die Welt und Andacht zur Welt, die von Gott und seinem stillen Knechte, dem Tod, erzählt. So sei er dein Liebling als Erbe des stumm zur Seite tretenden Vaters, sei dein Befohlener, Großmutter, die Stätte, wo du ausruhst von den unerhörten Wundern der Gottesnähe, dein menschliches Asyl, deine vertraute Rast. Segne ihn mit deiner Güte, auf dass sein Herz reich werde und groß, umfassend alle Menschen und die Größe der Welt, reich an Kräften der Gottes- und Todesliebe! Mach ihn stark durch deine Güte, dass er das Leben ertrage, wie es kommen möge, mit Hagelschlägen und Gewitterstürzen, Sonnenbrand und dem Rauch verbrannter Wanderzelte; lass ihn deine blaue Farbe tragen, die unsichtbare, ihm unbewusste Farbe der tiefsten Demut vor dem Unbegreiflichen, vor Gott und seinem milden Knechte, dem Tode! Großmutter, erhöre noch einmal deinen Liebling, er bittet für seinen Liebling!

Vom Frühling und seiner Trauer

Nun ist der Frühling wieder ins Land gekommen mit seiner wunderbaren Trauer. Sein Atem haucht mich an, und mein Herz bangt vor ihm. Er ist groß und gewaltig, er zwingt die Welt, er wandelt ihr Antlitz, aber er ist ein bleicher Held, sein süßer Mund ist stumm vor Sehnsucht, und sein belebender Blick streut mit dem Leben den Tod.

Ich bin durch alte Stadtteile gewandert, allein mit mir. Die Sonne strahlte vom Himmel, alle Wege lagen in ihrem weißen Lichte. Die niedrigen Häuser der Vorstadt, weit draußen schon am Gelände der Berge, sonnten sich ganz augenscheinlich. Und ein Duft hatte sich erhoben, stark, berauschend, der den Kopf benahm und die Brust bedrückte, die sich weiten wollte, abschütteln allen Harm des Winters, alle Not der Enge. Der Sommer ist beruhigte Fülle, sich dehnende männliche Kraft, üppige tiefe Farbe, Glanz, der von innen kommt, Reife, die rastend nach neuer Tat umblickt, stark tönende Stille. Aber der Frühling ist Heimweh, Verlangen, Flügelentbreiten, wirre Lust an Liedern der Straße, bangende Fröhlichkeit, verhaltenes Lächeln, leise Angst. Was kann dir im Sommer geschehen? Du bist reif, deine Scheuer steht gehäuft. Es mag ein Blitz zucken aus sich verdichtenden Gewölken. Mag er niederzucken. Er findet dich bereit. Aber der Frühling ist ein Anfang, der Frühling ist Hoffen, Erwarten und Erinnern. Der Frühling nimmt dein Herz und hält es wie einen bebenden Vogel in der Hand. Noch sind die Farben nicht zum Erglühen gebracht: sie können erblassen. Noch sind die Klänge nicht voll: sie können misstönend zerbrechen. Und alles harrt noch deiner, Mensch. Du bist erwartet und erwartest selbst. Du erwartest *dich*. Du kennst dich noch nicht. Du fühlst dich nur im verzehrenden Treiben und Steigen deiner Säfte, in der schwülen Unruhe deiner Nächte, der jähen Hast deiner Tage. Irgendwo in dieser Helle steht ein Schatten. Irgendwo in dieser Unruhe ist Stille. Irgendwo in diesem Werden wartet der Tod ... Ich bin an alten Gärten vorübergewandert. Sie träumten von vergangenen Tagen. Aber aus ihren Träumen wuchsen die jungen Triebe. Und es war, als ob diese alten Gärten nichts wüssten von ihren jungen Trieben, von dem knospenden Leben ihrer Hecken und Zäune. Sie sahen gleichsam mit geschlossenen Augen in sich selbst hinein und hielten schweigende Zwiesprache mit der Vergangenheit. Du Brunnen, dem sie die Röhre putzen, aus der dein Wasser wieder den ganzen Sommer entlang fließen soll, was sinnst du? Sinnst du über das Geheimnis des Lebens, das Menschen nehmen können und versperren hinter Mauern und hinter Gesetzen, das sie aber nicht geben können, das durch sie, aus ihnen kommt, wie das Wasser aus dir kommt, immer dasselbe, immer das alte, das von Anfang war ...?

Ich habe in alte Häuser hineingeschaut, die zum Lüften der inneren Räume offen standen. Was erzählten diese verbleichten Wände? Erwarteten sie den Frühling? Nein, sie sprachen von den glücklichen Vergangenheiten der Menschen und hielten Erinnerungen fest, die man nicht lüften kann. Die Kinder aber pflückten schon auf den Wiesen die jungen Blumen. Sie waren ja nur dazu da, dass Kinder kämen und sie zum Welken pflückten ...

Frühling, ich liebe dich wie einen Mörder mit schönen Gliedern, wie einen Mörder, der mit einer wundervoll edeln Gebärde mordet. Ich liebe dich mit der Sehnsucht, mit der der Gefangene die wilden Schwäne liebt, die über seiner Zelle dahinziehen. Ich liebe dich mit der Liebe einer Braut, die vor dem Unbegreiflichen bangt, dass sie einem fremden Manne gehören soll, den ein Unbegreifliches in ihr liebt und vorzieht den Eltern, dem Hause, in dem sie bisher gewohnt hat, den Hunden, die sich bisher an ihre Knie geschmiegt haben. Frühling, du rufst immer zur Tat, aber dein Blick straft deine Worte Lügen. Dein Blick ist traurig wie der Blick eines Abschiednehmenden. Und doch sagen die Dichter, du seist die Ankunft, die fröhliche Ankunft. Ich glaube, die Dichter, die dich also preisen, verkennen dich. Die Dichter, die dich kennen und liebend fürchten, sagen, du seist ein Scheiden, ein Scheiden von Erinnerungen und ein Heimweh nach dem Sommer ...

Großmutter, du bist im Sommer gestorben. Als alle Farben prangten, hast du dich zum Sterben hingelegt. Und die Nachtigall vor deinem Fenster hat gesungen, dass ihr die Kehle zu springen drohte, denn es war deine große, starke Seele, die ins All schied und also auch in die Nachtigall ...

Ich bin im Frühling geboren. Man sagt, das sei eine gute Verheißung. Ich aber glaube, dass es ewige Sehnsucht bedeutet, Sehnsucht nach dem Sommer, der Herbst werden muss.

Vom Friedhof

Es sind doch kaum ein paar Tage her, und mir scheinen Monate dazwischenzuliegen, dass ich an den Tagen der Karwoche im Elternhause den Frieden suchte, der mich, den Friedliebenden, meidet. Ich hatte gedacht, die stille Woche einmal wieder ganz auf den Pfaden der Kindheit zu verleben, hingegeben an holde Erinnerungen, die jeder Schritt schenken müsste, und ich erfuhr zerbröckelndes Stückwerk und empfand eine große Trauer. Geht diese Trauer aus mir hervor, oder geht sie immer nur gerade in mich hinein aus den Dingen? Ich sehe und werde traurig, ich höre und werde traurig; meine Sinne sind traurig. Und nicht das Traurige, das, was die Leute traurig heißen und wovon sie sich abwenden, um sich, wie sie es nennen, die Stimmung nicht verderben zu lassen, nicht dieses sogenannte Traurige ist es, nein, das Gewöhnliche, das Unscheinbare, ja das Heitere macht mich traurig. Ich habe mir schon als kleiner Knabe niemals gewünscht, auch nur um einen Tag älter zu sein. Und heute verleb ich jeden in Angst, er könnte Ereignisse bringen, die das Ende bedeuten. Nicht für mich. Ich habe keine Furcht. Ja, ich habe ein todesstarkes Vertrauen auf einen Stern über mir. Aber um mich herum fürcht ich beständig das Ende. Es ist, als ginge ich immer im Schatten des Todes und sähe ihn sich über meine Wege legen, sähe ihn über mich hinauswachsen, fühlte ihn die Luft kälter machen und die Farben entweder blasser zum

Welken oder üppiger zum Welken. Und obwohl ich mich selbst auf eine Weile noch für gefeit halte gegen ihn, hab ich das Gefühl, dem Tode stets zu geben: er zehrt von mir. Seine Schrecken begleiten mich: seine fürchterlichen Schrecken: die, die einen in der Nacht aufjagen, die, die einem mitten am Tage durch eine grässliche Vorstellung das Blut in die Augen treiben, und die andern, die stillen, die im Blätterfallen sind und im bleichen Licht eines scheidenden Sommersonntags, dem Verklingen eines Liedes, dem Verblassen einer Begebenheit. Der Tod geht hinter mir und räumt auf. Es ist, als ob er über alle Erlebnisse wischte und sie in Bilder verwandelte, die seltsam fern und unwirklich hinter mir stehen bleiben.

Ich habe lang ausgestreckt in der Badewanne gelegen im behaglich warmen, nach Wachsleinwand duftenden Badezimmerchen meiner Mutter, lang ausgestreckt, ohne mich zu rühren. Mein Auge hing an dem stillen Lichte der kleinen elektrischen Birne über mir. Ich rauchte eine Zigarette. Ich wollte das Ausruhen bei Mama genießen … Man klopfte und meldete, dass der Wagen schon vorgefahren sei, der bestellt war, uns zu dir zu bringen, Großmutter, auf den Friedhof. Denn so oft wir in der Heimat sind, besuchen wir dich draußen auf dem Friedhof und bringen dir Blumen und stehen lange nachdenklich vor der eisernen Einfriedung, innerhalb deren die kleinen Hügel sich erheben, deiner und der des alten Großonkels und dann noch einer, in dem viele Gebeine sind, die deines Mannes und deiner Eltern und deiner Geschwister … Ich ließ mir Zeit und dachte darüber nach, wie das doch so merkwürdig wäre: ich hier im Badezimmer unter dem stillen Lichte der elektrischen Birne über mir, im warmen, behaglichen, gepflegten Badezimmer Mamas, und draußen der Wagen, der uns zu dir führen sollte. Und ich liege da und lasse mir Zeit … Es ist ja auch wirklich Zeit. Wir kommen noch immer zurecht hinaus, und eigentlich handelt es sich nur darum, dass wir rechtzeitig wieder zum Essen zurück sind. Und mir war, als würdest du selbst mit deiner weichen, süßen, lieben Stimme, in der alles war: Großmütterliches und Heimatliches, die Wärme eines gut geheizten Zimmers und ein von dir aus dem Besten, was du hattest, zum Naschen für uns zusammengestellter Imbiss, als würdest du selbst mit dieser immer ein wenig klagenden Stimme sagen oder gesagt haben, wenn du wüsstest, ich läge da im Bad und draußen wartete der Wagen, der mich zu dir auf den Friedhof bringen sollte: »Aber lasst ihn doch! Lasst ihn doch ruhig weiter baden! Er fühlt sich so wohl. Und ich habe ja Zeit! Ich habe ja Zeit!« ...

Dann sind wir also hinausgefahren. Und es war ein rechter April-sonnenschein unter währendem Winde, und manchmal gab's einen hellen Regenschauer. Durch die gepflegten Alleen der Gräber sind wir gegangen; voraus, einen Blumenstrauß und seinen kleinen Stock, das Ostergeschenk, tragend, mein Bub, im kurzen blauen Matrosenmantel mit dem breit übergeschlagenen Kragen, die Kappe auf den ohrtief beschnittenen glänzenden Locken. Da war ja wieder dein Grab, wie wir's alle kennen, immer in demselben Frieden. Und da waren drüben die gelb gestrichene Mauer und die hohen Zypressen und jenseits das grüne Feld. Man hat die kleine Pforte geöffnet, die zu dir führt – oh, was für eine kleine, was für eine niedrige Pforte führt zu dir, und tief gebückt muss man sie öffnen und gebückt seine Besuche machen bei dir! –, man hat dir wieder Blumen auf die Brust gelegt, auf den Hügel, meine ich, und mir war, als sähe ich dich mit den gefalteten weißen, weichen Händen, die ich im Sarge so voll heißer Inbrunst des Dankes geküsst habe, damals; mir war, als sähe ich dieses wunderbare Lächeln um deinen ruhig geschlossenen Mund, dieses Lächeln, das zu deinen ebenso ruhig geschlossenen Augen hinauf sich verbreitet hatte ..., da verschob sich mir, wie das einem so geht, wenn man vor sich sieht und etwas anblickt und eigentlich gar nicht anschaut mit den lebendi-gen Sehsternen, sondern nur wie in einen Spiegel aufnimmt auf die Netzhaut, da verschob sich mir das ganze Bild dieser drei stillen Grabstellen und der massiven Laternen mit den blauen Gläsern in der bleiernen Fassung, in denen die gefangenen Flammen leise schwankten: ich war wieder einmal außerhalb der Welt, und der Tod stand hinter mir und löschte die Geschehnisse meines Lebens sanft aus, dass sie verhüllt hinter mir hielten, regungslos. Ich fragte aber den Tod mit der Frage, die keine Antwort, niemals eine Antwort erhält: »Wo ist sie?« Wieder einmal fragte ich den stummen Tod: »Wo ist sie?« Und mit eins kam ein Schauer über mich, der oft kommt, wenn ich ihn hinter mir stehen fühle und ihn so sicher weiß. Es kam die entsetzliche Angst über mich vor seiner lautlos schreitenden, unabwendbaren Macht und Herrlichkeit, und ich flehte um das Leben der Meinen. Nicht um mein Leben. Nie flehe ich um mein Leben. Es ist mir so, als wäre mein Leben gelagert auf den Leben derer, die mir teuer sind, als hätte mein Leben Form nur in diesen teuern Leben, als sei mein eignes Leben gar nichts Wirkliches, sondern nur eine Reihe solcher ausgelöschter oder blasser, trauriger Bilder hinter mir und das Leben dieser Teuren neben mir, um mich, an denen ich oder mein Herz oder mein Leben, das Ding, das ich »Ich« heiße, weil ich's gewohnt bin, hänge. Wie ist das doch so grausam und milde zugleich, o Tod! Man meint zu verzweifeln und kann dann nach kurzer Zeit wieder so ruhig sein. Man klammert sich an eine Erinnerung, dass einem das Herz langsam wie im Gleiten zerreißt, als hinge man an diesem Herzen und zerrisse es, Schichte für Schichte, Faden für Faden …, und dann ist wieder Stille, und man liegt behaglich im Badezimmer oder probt neue Schuhe oder raucht eine gute Zigarre und trinkt ein Glas guten Weins und freut sich über ein neues schönes Buch oder eine weite grüne Wiese, darauf viele tausend weißer Frühlingsblumen stehen. Da ist der Tod – so scheint es – leise weggegangen. Aber nein. Das ist nur eine Täuschung: immer ist er da. Denn plötzlich ist das Proben von Schuhen oder das Rauchen einer Zigarre oder das Betrachten einer weiten grünen Wiese mit tausend weißen Frühlingsblumen darin so unsäglich traurig, etwas liegt auf dem Herzen wie ein zottiges schwarzes Tier und liegt so fest, dass das Herz leise stöhnt: und das bist du, Tod, dieses Tier und diese Bangigkeit, diese Sehnsucht ohne Ziel und diese Traurigkeit ohne Gegenstand, das bist du, Tod, unhörbarer, allgegenwärtiger, unentrinnbarer, schrecklicher, vertrauter, riesengroßer Tod …

Wir sind dann nach Hause gefahren und sind noch rechtzeitig zum Essen gekommen. Und mein Bub hat die Geschenke des Osterhasen gesucht hinter allen Möbeln, denn im Freien war es zu kalt, und überdies war auch wieder Regen gefallen. Die alte Uhr tickte – sie stammt von dir, Großmutter –, und nun bist du wieder allein draußen bei den vielen Gebeinen deiner Eltern und Geschwister, die alle aus ihren schweren bleiernen Särgen genommen und, weiß und schmal, gesammelt worden waren in ein ganz kleines Särglein, das, durch eine dicke Erdschichte getrennt, neben dir steht, neben deinem schweren bleiernen Sarg, der auch einmal wird aufgebrochen werden, verrostet und zerfressen, wie er dann ist, deine kleinen weißen Gebeine herzugeben, dass man sie sammle zu denen andrer Teuren, die du gerufen haben wirst, Tod, schrecklicher, unentrinnbarer …

Es sind erst ein paar Tage her, seit ich in der Heimat war, und es liegen Jahre dazwischen. Wenn ich wiederkehre und dich wieder besuche, Großmutter, dann steht der Sommer in Farben, und dein Grab prangt in den üppigsten Blumen, auf die der Schatten des Todes fällt, der unhörbar hinter mir hält. Dann ist der Himmel tiefblau, brennend blau, und die Rebhühner ducken sich in das hohe gelbe Korn, und die Windmühlen auf den Hügeln drehen ihre Flügel vor lauter Sommerübermut … Du hast Zeit, Großmutter. Und ich habe Zeit zu diesem Besuch. Aber noch einmal, Tod, lautloser Begleiter, frage ich dich: »Wo ist sie?«

Tanzstunde

Heute ist mir plötzlich die Abendstunde seltsam lebendig gewesen, in der du mich, Großmutter, vor vielen, vielen Jahren zweimal in der Woche zur Tanzstunde begleitet hast. Ich war ein siebenjähriger, kleiner Kerl, sicherlich der Kleinste in der Gesellschaft. Warum du mich eigentlich dahin begleitet hast und warum ich überhaupt gerade in diese Tanzstunde, die ein alter Ballettmeister jeden Winter ankündigte, zu gehen hatte, ist mir heute nicht mehr recht erklärlich. Aber das ist ja ganz nebensächlich, wie überhaupt alles Erklärliche. Nur das Unerklärliche ist von Belang, selbst das Unerklärliche einer Tanzstunde … Ich weiß, es war ein altes Haus, ein alter Hof war zu überschreiten, und der Saal, in dem wir tanzten, war auch sehr alt und feierlich durch seine ungewöhnliche Länge und die Kerzen an den Wänden. Da stand der alte Ballettmeister, der ein furchtbar unangenehmes Gesicht besaß, ein säuerliches, würdebewusstes Gesicht mit langen, langen Backenbartflechten, da stand er in seinem abgetragenen Frack und hielt das Bein, das gelenkige Bein in Positur, immer in Positur. Er hatte einen schlappen Bauch, über dem eine dicke Uhrkette baumelte, schneuzte sich in ein rotes Taschentuch und verfügte, glaub ich, über eine hohe, nicht sehr angenehme Stimme. Ich mochte ihn gar nicht leiden, ja ich fürchtete mich vor ihm, hasste ihn sogar. Denn ich war kein besonders guter Tänzer. Aber da war ein wunderschönes Fräulein, mit dem ich am allerliebsten tanzte, das heißt, ich tanzte nur mit diesem Fräulein gern, alle andern Fräulein beschäftigten midi gar nicht, und ich kann mich auch nicht erinnern, was für andere Fräulein mit mir noch außer diesem einen bei dem alten Ballettmeister tanzen lernten. Ich habe sie alle ganz und gar vergessen, nur die eine nicht. Diesem schönen Fräulein widmete ich mich bis zu einem Grade, dass ich von einer gewissen Zeit an begann, nur um ihretwillen die Tanzstunde zu besuchen, ja, dass ich sogar am Tanzen selbst Gefallen fand. Einmal aber bin ich mit ihr gestürzt, kam halb auf sie zu liegen, und dieses Geschehnis befestigte unsere Verbindung ... Großmutter, du saßest an der Schmalseite des langen Gemaches auf dem zerschlissenen Sofa der Ehrengäste, neben ihrer Mutter. Das ist alles, was ich weiß. Wie eine Silhouette ist es in eirundem Rahmen an einer kahlen grauen Wand. Und noch ein blasses Daguerreotyp taucht auf: die feierliche Nikolobescherung, zu der in großen Wäschekörben die Geschenke der Tänzer an die Damen herangeschleppt wurden – der Tanzmeister hielt etwas auf diese altherkömmliche Sitte –, eine Gelegenheit, bei der sich fand, dass nicht minder wie ich an sie jenes schöne Fräulein – oder war es ihre Mama? – an mich gedacht hatte ... Nun, etliche Jahre später hab ich wieder eine Tanzstunde besucht. Aber damals war bei mir die Epoche der ungemeinen Verachtung des weiblichen Geschlechtes im Allgemeinen und der Tanzstundengenossinnen im Besonderen in Blüte. Ob die Sache sehr fest bei mir saß, wage ich anzuzweifeln. Aber ich war wieder so ziemlich der jüngste in einer Schar robuster Jungen, die sich für das einschränkende Zierlichtun des Tanzwerks jeweils durch gröbliche Raufereien entschädigten, und ich musste wohl oder übel mit den »Männern« halten, wenn mir auch das Raufen durchaus nicht zusagen mochte, ja ich eigentlich mitten inne stand und schon damals einen gespaltenen Menschen vorstellte: die Jungen nur »Männer«, kräftig, rau, roh, bewaffnet mit schneidenden Anspielungen und derben Witzen, überlegen, hochmütig, insgesamt aber musikalisch, das heißt jeder in seiner Art irgendein Instrument behandelnd; ich weder bei den Mädchen besonders gelitten noch bei den Buben angesehen, weder jenen zugetan noch bei diesen gut aufgehoben, zwischen beiden Lagern pendelnd, verlegen-unschlüssig, stets aufs Neue befangen, jedenfalls durchaus nicht befriedigt von diesen Tanzübungen, zu denen man mich, wie später zum Französischen, geradezu schleppen musste ... Großmutter, warum ich dir solche Nichtigkeiten erzähle? Weil mir nicht diese zweite, wohl aber jene erste Tanzstunde heute wie ein Stück aus deinem eigenen Leben erscheint, etwas Altmodisches, zwischen gestreiften Tapeten und unter vergoldeten Spiegeln spielend und erfüllt von einer leisen Musik, die aus einem dünnen Klavier kommt in einer scheu gemiedenen Ecke. Es ist Poesie in dieser verstaubten Erinnerung, und ich bin so voreingenommen für Erinnerungen, die zu dir gehören, dass ich aus den unscheinbarsten Blumen kleine schmale Kränzlein winde, sie dir aufs Grab zu legen, in dem mit dir, liebste Großmutter, meine wunderschöne Kindheit schläft ...

Großmutters Bibliothek

Was waren das für geheimnisvolle Stunden, wenn ich in deiner Bibliothek wühlen durfte! Bibliothek: das klingt sehr großartig, und es war doch nur ein schmales Wandgehänge, worin auf zwei Borden die wenigen schlicht gebundenen Bücher standen, die sich in vielen, vielen Jahren seltsam genug zusammengefunden hatten. Aber ich musste auf ein Sofa steigen, und das war für einen kleinen Knaben schon eine Unternehmung. Ich stand dann über dem Boden, auf dem sich die Ereignisse sonst abspielten, ich hatte also eine ungewohnte Stellung, und das war Reiz genug. Und dann kniete ich auf der Lehne und »wühlte« ... Was war denn also da zu sehen, zu durchblättern – denn zum Lesen kam es ja nicht, mir genügte das Blättern, das Herausnehmen, das Hineinstellen, das ausgleichende Streichen über die hervorstehenden Rücken, ab und zu freilich las ich auch ein Stückchen, da und dort, bald in Zschokkes gesammelten Novellen, bald in der eigentlich recht unheimlichen Bibel mit den hässlichen Wasserflecken und den mancherlei hässlichen Worten, die ich mit sicherem Tastsinn für das Verbotene immer wieder herausfand, bald in »Lessings Meisterwerken«, bald im »Reineke Fuchs« mit den schönen Stahlstichen nach Kaulbach, bald in Uhlands Balladen, gleichfalls mit klaren großen Bildern geschmückt, bald – und dies gewiss am liebsten – in den »Drei Musketieren« samt unzähligen Fortsetzungen von Alexander Dumas ... Ist das alles? Ich denke nach, und mir fällt nichts mehr ein ... Ja, natürlich hab ich das Wichtigste vergessen, das Wichtigste in der »Bibliothek«, Zschokkes »Stunden der Andacht«, diese stattliche Reihe hoher strenger Bücher, die mir schon damals unsäglich langweilig und stumm schienen, obwohl ich auch sie immer wieder aufschlug, mit dem trotzigen Vorsatze, endlich einmal etwas darin zu entdecken, das meiner Mühe sich dankbar erwiese. Auch ein alter Klopstock scheint dagewesen zu sein, denn ich hab ihn unter meinen Büchern, und der kann doch nur von dir herrühren, Großmutter. Und da fällt mir noch etwas Liebes und Lustiges ein, es ist eine behagliche Erinnerung: Kotzebue war natürlich da, die »Sämtlichen dramatischen Werke« oder so ähnlich, eine ganze Menge dünner, leichter und behänder Büchlein in gleichmäßig schlichten, hechtgrauen Einbänden mit vergilbtem Goldaufdruck auf den schmalen Rücken. Aber dieser Kotzebue kann auch bei der Großtante gewesen sein, nicht bei dir, Großmutter; verzeih also, wenn ich ihn dir, etwas zaghaft zwar, aber immerhin mit einer gewissen Vorliebe jetzt vielleicht irrtümlicherweise aufnötige. Wo der hingeraten ist, kann ich mich nicht entsinnen. Dass ich einmal fast ein ganzes Stück gelesen habe, kommt mir dunkel vor. Und der Eindruck dieser langen Reihe schmächtiger Bände ist sehr wohltuend in mir geblieben, hat etwas von schalem Resedaduft an sich und gemahnt mich sonderbar an ein Lieblingsgeräusch meiner Jugend, das Putzen und Glänzen messingener Türklinken ... Das Traulichste an deiner Bibliothek, Großmutter, war sicherlich ihr Standort: dieses gemütliche An-der-Wand-Hängen des zweigestuften Bordes, über dem Sofa. Die Bücher gehörten ganz entschieden zur Wohnung, gehörten zu der ein wenig nüchternen Tapete – oder war die Wand gemalt? –, violettgrau und weiß, gehörten zu dem warmen Sonnenschein vom Fenster her –: ich kann mich nicht erinnern, dass es jemals bei dir geregnet hätte, Großmutter. Auf diesem Sofa saßest du, und da hing auch die herrliche Schlummerrolle, eine dicke, wollige, warme Sache in recht bunten Farben und sicherlich auch versehen mit Quasten, wenigstens hab ich die verschwommene Erinnerung von Quasten als von etwas unsäglich gut Gelauntem, Fröhlichem. Und da war der Tisch, an dem ich so oft gesessen hatte auf den Knien einer damals noch unverheirateten Tante – es sind meine ersten Erinnerungen –, der Tisch, auf dem die Suppe stand, die ich unter den sehr anregenden Erzählungen dieser Tante löffelweise in den Mund bekam. »Jetzt kommt das Kind; mach auf« – ich schluckte – »jetzt kommt der Löwe ...« – ich schluckte ... Unglaublich breite Fensterbretter gab's bei dir, Großmutter; man konnte geradezu darauf liegen, sich ausstrecken, einen ganzen Erdteil bewohnen, in die abgeschiedensten Gegenden sich flüchten. Auf einem dieser Fensterbretter hab ich nach und nach alles gelesen, was mir in die Hand fiel: Münchhausen und Schwab, Brentano und Hoffmann und vorher die zahllosen »Indianerbüchel« und noch früher die kleinen »Theaterbüchel« aus dem Verlage Gustav Kühn in Neu-Ruppin: ein seltsam grüner und vertrauter Reim, der unbedingt dazu gehörte ...

An den Wänden hingen Bilder, die ich alle sehr gut kannte. Da waren Ölgemälde, Frucht- und Blumenstücke von der Hand jener Tante, Kreide- und Kohlezeichnungen meiner Mutter, bemalte Daguerreotypen und außer der Madonna auf Milchglas noch ein unheimlich geschwärztes Bild mit viel Gold; ich weiß nicht, ob es Jesus Christus vorstellte oder irgendeine andre Gestalt aus der immer mit dem Gewölk von Schauern verhängten biblischen Geschichte ...

Denk ich an dieses Zimmer, das auf den Hof ging, wo sich der Brunnen befand und die ganz mit Wein bekleidete hohe, hohe Mauer ragte, seh ich Sonne. Sonne flutet durch meine Erinnerungen, spiegelt sich in den Scheiben, huscht über die Parketten und dringt in alle Winkel und Ecken. Das ganze Haus liegt in Sonne! Aber es ist nicht etwa eine hochstehende und beileibe nicht eine grelle und heiße Sonne, es ist Sonne, die durchs Fenster kommt, Sonne, die hier zu Hause ist, Sonne, die sich sehr artig benimmt, still und ohne irgendetwas vom Himmel an sich zu haben, Zimmersonne, Großmuttersonne ... Merkwürdig, dass keine Katze sich in ihr sonnte. In meiner Kindheit gab es doch Katzen. Ich sehe sie hoch oben auf dem schmalen Gange, der längs der Hofmauer zum Dachboden der Hausmeisterwohnung führte, hin und her schießen, ich sehe sie über den Hof huschen – aber zu dir kommt keine Katze, liebe Großmutter ... Und da fällt mir ein, dass du niemals ein Tier besessen hast, nicht einmal einen Vogel im Käfig, obwohl sie dir durchaus nicht unangenehm gewesen sind. Aber du hieltest sie immer in sauberer Entfernung. Ich sehe dich die Mundwinkel mit ein ganz klein wenig Ekel rümpfen, wenn dir Tiere etwas näher kamen. Erst an meinen Dackel hast du dich gewöhnt, aber zu Besuch ist er wohl äußerst selten zu dir gekommen. Es geschahen diese Zusammenkünfte außer Hause. Du warst da ein bisschen inkognito, jedenfalls nicht die Großmutter der Bibliothek, die Großmutter Zschokkes, Dumas, Kotzebues ...

Bücher

Als ich ein Bub war, schien es mir – ich war schon damals ein großer
Bücherfreund –, als gäbe es Bücher für »alte« Leute und andre. Diese
Klasse war ziemlich umfangreich. Dahin gehörten wohl die Bücher,
die man in den Schaufenstern der Buchladen zu sehen bekam, Bücher,
die man als Geschenk empfing, ferner die Bücher bei anderm jungen
Volk. Die Bücher der »alten« Leute aber waren sozusagen veraltet, das
heißt man hatte eigentlich keine andre Beziehung zu ihnen als die einer
mit einem leisen Missbehagen vor Moder und Wasserflecken verbun-
denen Hochachtung. Dass man ein lebendiges Verhältnis zu ihnen
gewinnen könnte, schien ausgeschlossen. Goethe, Schiller, Platen oder
gar Kleist standen in einer Reihe mit den ganz alten, etwa Klopstock
– ein ungemein spaßiger Name! – und Kotzebue oder Nestroy. Lag
es daran, dass diese Werke zumeist in älteren Ausgaben, jedenfalls in
nicht ganz tadellos erhaltenen Exemplaren, vorhanden waren; dass
man sich die Autoren, mit gepudertem Haar und rasiertem Antlitz,
in der Westenkrause oder im breit umgeschlagenen Halstuch, nur als
tote und verschollene Menschen denken mochte? Genug, es war eine
andere Welt, eine Welt, die hinter Spinnweben und Staub lag, eine
vergilbte Welt, die zu den schweren Großvaterstühlen »alter« Einrichtungen, zu den Glockenspieluhren und den Faltenhäubchen der alten
Damen passte, nicht zu den »Jungen« … Wann sich dieses Verhältnis
gewandelt hat, ist mir nicht erinnerlich. Die Schule, diese Mörderin
der heimlichen Gefühle, der zärtlichen Verehrung, des staunenden
Schweigens, dürfte in der üblichen rohen Weise hier Hand angelegt
haben. Man kam an die alten Herren heran, sie wurden einem bekannt,
wenn auch noch lange nicht vertraut, jedenfalls nicht jünger. Das kam
erst viel, viel später, ganz gewiss nach der Schulzeit, als man langsam
wieder bei sich selbst einkehrte und in die verträumten Winkel der
Seele gelangte, in denen das harte Licht der Lehrjahre sich nicht auf-
zuhalten pflegt. Es muss ein großes Wunder der Seele sein, wenn im
jungen Menschen etwa Goethe jung wird, wenn er heruntersteigt aus
dem mattgoldenen Rahmen, der ihn bisher jenseits schnörkeliger
Möbel festgehalten hatte in einer Höhe der Fremde und Kühle. Und
spät erst kamen Tage, da lebte man mit Heinse, mit Platen, mit Swift,

mit Fielding, als wären es Menschen, die man zum vertrautesten Umgang erwählt hätte. Nur ein paar Schriftstellern blieb die Distanz erhalten, die sie in Großmutters Nähe, weitab rückte von jungen Händen, jungen Gefühlen: Kotzebue und das ganze alte Theater, ein paar verschollene Romane, überhaupt, was aus der Zeit für die Zeit war und in der Zeit blieb und dort verstaubte. Denn es gibt ganz offenbar verstaubte Autoren, und nicht immer machen es die Jahre aus. Es gibt ja Menschen, die, wie man sagt, alt auf die Welt kommen. So kann ich mir heute noch nicht denken, dass Wieland jemals jung gewesen sein möchte ... Nicht minder merkwürdig ist es, wenn zu den alten Leuten die »jungen« Autoren kommen. Ich habe bei dir, Großmutter, Tolstoi und Gorki, Jakobsen und Flaubert gesehen. Mein Gott, weder Tolstoi noch Flaubert sind »junge« Autoren, und doch liegt eine Welt zwischen ihnen und Kotzebue oder Zschokke. Als ich ein Bub war, hörte ich viel von Ebers und Dahn, von Baumbach und Montépin. Es gab eine Tante, die die zwei ersten sehr hochhielt, und ich, der ich, wie gesagt, schon sehr bald Büchern ein großes Interesse entgegenbrachte, horchte auf. Man versagte mir diese Schriftsteller so lange, bis es zu spät war. Als ich sie mit etwa fünfzehn Jahren in die Hand bekam, erschienen sie mir ledern und grässlich langweilig. Ich habe mit ihnen, gottlob, nicht viel Zeit verloren. Aber die Engländer, die alten guten Engländer: Fielding, Swift, Dickens, Bulwer, Scott, die habe ich alle gelesen, alle, und mit welcher Wonne! Sie kamen ganz unansehnlich in meinen Bereich, man stritt sich nicht mit mir um sie, man überließ sie mir ohne viel Prüfens (was hatte man doch bei Ebers, diesem Öldruck, oder einem Fossil wie Spindler zu »prüfen«!), und ich erlebte sie – eine ungewöhnliche Lektüre für einen Knaben, der noch sehr Kind war, arglos fröhliches Kind –, wie ich einst die Indianergeschichten und früher noch die Märchen erlebt hatte. Sie haben mir viel mehr gegeben als damals die »Klassiker«, die man uns in der Schule zerzupfte und auf lange hinaus verekelte. Sie blieben ganz unberührt bei mir, sie waren still, drängten sich nicht vor, sie hatten eine gute, vornehme Art, mit gedämpfter Stimme zu reden, lautlose Gesten, und sie verlangten nicht jene unbedingte Hochachtung, die die andern so gebieterisch heischten ...

Am sechsten Jahrestag meiner Hochzeitsfeier

Dass du, liebe Großmutter, zu meiner Frau immer so gute Beziehungen unterhalten hast, vom ersten Augenblick an, da ihr euch kennenlerntet, hat mir stets ein freundliches Gefühl der Sicherheit gewährt. Und ich weiß, sie trauert dir nach wie eine »richtige« Enkelin. Es ist ja auch etwas ganz Sonderbares um die »Richtigkeit« von Beziehungen. Als ob »Verwandte« zueinander gehören müssten! Ich finde, Verwandte haben von vornherein gar keine Pflichten gegeneinander. Denn der Zufall solcher Bande ist doch zu augenfällig. Beziehungen schafft das Leben. Es mögen auch Verwandte darunter sein. Jedenfalls ist der Weg kürzer, den Leute zueinander zurücklegen, die nahe beieinander stehen innerhalb der »Familie«. Aber sonst ist auch nicht der geringste Anlass da zu größerer Vertrautheit. Was hat der Bruder meines Vaters mit mir zu schaffen? Vielleicht kenne ich ihn gar nicht, der als junger Mensch lang, ehe mein Vater seine Gattin wählte, sich von jenem schied. Aber das Leben lässt mich so manchem begegnen, der mir verwandt dünkt. Und ich ahne Verwandte in der Ferne und in der Vergangenheit, Brüder in Geist und Herz, die niemals, niemals meine Hände ergreifen und den Verwandtenblick tauschen werden.

Zwei solcher Verwandten sind damals zusammengekommen, als du, liebe Großmutter, meine Frau, ein kleines schlankes Mädchen, zum ersten Mal begrüßtest. Sie hat dir, in großer Verehrung vor deiner milden, gütigen Erscheinung, gleich in williger Vertrautheit Dienste erwiesen, und du hast ihr bescheiden gewehrt. Als wir unsre Hochzeit begingen, da war es meiner Braut größter Schmerz, dass du ihr nicht anwohnen mochtest. Aber ich verstand deine freundlich-entschiedene Weigerung. Seit Jahren und Jahren hattest du den Bezirk deiner nächsten Umgebung nicht verlassen, du wolltest nicht unter die vielen Fremden, die vielen »Verwandten«. Und meine Frau begriff dich, und so sind wir erst als junges Paar uns deinen Segen zu holen gekommen. Deinen ersten Enkel jedoch hast du besucht, Großmutter, wenige Tage nachdem der kleine Schreihals uns beglückt hatte. Noch sehe ich dein liebes weißes Gesicht mit den vielen Falten und Fältchen sich über den neuen Verwandten beugen, der deiner Seele so nahestand, obwohl er erst so kurze Zeit sich des zweifelhaften Vergnügens des irdischen

Lichtes erfreute. Es war ja mein Bub und deiner lieben Enkeltochter Bub: sollte er dir nicht verwandt gewesen sein, noch ehe er seinen Weg in die Welt gefunden hatte? Frühling war es, und der alte Baum im Hofe dunkelte in das Zimmer herein. Aber über ihm und im ganzen Raum lag die Sonne. Mein Bub sah dich mit seinen blauen, neugierigen Augen an. Keine Erinnerung ist ihm von diesem ersten Zusammentreffen geblieben, auch die Erinnerung an die späteren, leider nur spärlichen Zusammenkünfte mit dir mag ihm heute nur wie in blassem Nebel stehen, aber in den heiligen Tiefen seiner Seele ruht der Schatz dieser stummen Verwandtenbegrüßung, ruht wie leuchtendes Gold auf dem Grund eines verschwiegenen Sees, über den die Boote der Tagfahrer dahinziehen, nicht ahnend, dass da unten Gold liege und leuchte. –

Mein Bub ist groß geworden seitdem, Großmutter. Seine Locken, die du einst durch deine wunderguten sanften Finger hast gleiten lassen, sind ihm schon oft geschnitten worden, er steht schon auf festen Bubenbeinen, und seiner Fragen will er kein Ende haben, nach dem Ursprung aller Dinge, ihrer Zweckmäßigkeit und ihren »Verwandtschaften«. Heute hat er deiner Enkeltochter, meiner Frau, in der Frühe des Gedenktages Blumen überreicht und ihr Glück gewünscht mit der hellen Stimme, die noch keine Sorgen gedämpft haben. Er hat mit staunenden Augen gehört, dass dies unser Hochzeitstag sei, und die Sache nicht gerade begriffen. Aber da Rosenstöcke auf dem Tische standen und Papa Mama umarmte und ihr eine Gabe wies, hat er sich über die Festlichkeit beruhigt und gemeint, sie unterscheide sich in keiner Weise von einem Namenstage. Und da hat er recht. Für ihn sind diese Tage Tage der Geschenke, Tage der Blumen, Tage des frühen Aufstehens, süßer Erregung über ungewöhnliche Begebenheiten. Das Jahr zerfällt ihm in eine Reihe von Zeiträumen, die zwischen solchen Festen liegen. Und ein Fest ist ihm so liebenswürdig wie das andere, wenn er auch im Grunde seines begehrlichen Kinderherzens die Feste, an denen er selbst am meisten erhält, sicherlich den andern vorzieht, das heißt, wenn sie mit Fug da sind, nicht, wenn eben die andern da sind: Neid ist ja seiner Kinderseele fremd, Neid und alle die andern hässlichen Eigenschaften der »Großen« … Sein Vater aber ist heut in Gedanken aufgewacht. Dass Jahre vergangen sind, Jahre voll Leid und Lust, hat er bedacht und still innige Wünsche um andre

Jahre getan, die kommen möchten. Er kann sich nicht genug darüber wundern, was doch die Zeit sei. Und er geht an die Tagespflicht, die er sich aufgelegt hat, und an seinem Geiste ziehen in verwirrendem Gedränge Tausende von Stunden dieser seiner Ehe vorüber. Was ist Besitz im Leben, fragt er, was Gewinn? Ein zagendes Hoffen ist alle Gegenwart und ein schmerzlich süßes Erinnern. Und zwischendurch stampft der gleichmäßige Schritt der »Pflicht«. Ein sonderbares Menschenlos, die Pflicht! Oft hat sie so blutwenig mit dem Menschen zu schaffen, der ihr Joch trägt, heiter oder unwillig, ungeduldig und unbefangen, wie's eben kommt. Sicherheit! Was im Leben kann einem die geben? Ich bedenke Menschen, die sich sicher wähnen. Ich kann sie nicht beneiden, nicht anklagen. Ich staune sie an, wie seltsame Gewächse, deren Leben ich nicht verstehe. Sicherheit! Vor einem Jahre haben mich auf diesem Feiertagstisch deine lieben Schriftzüge begrüßt, Großmutter, und kaum sechs Wochen später hast du unter der Erde gelegen! … Und die entsetzliche Angst zieht sich über mir zusammen, die Angst der Unsicherheit des Lebens, die Angst vor der unerbittlichen Zeit und ihren grausamen Wundern. Wer bist du, Zeit, unhörbare, die wir Sinnenknechte in der Uhr zu fangen meinen? Wer bist du? Du gehst und gehst, und unsre Sehnen erschlaffen, unsre Hände werden welk und unser Blick müde, und dann kommt das Ende. Ende? Ich sehe keinen Anfang. Vor Jahren habe ich meine Frau zum Weibe genommen. Sie hatte eine Kindheit gehabt, die mir fremd war, ich wusste nichts von ihrer Seele, nichts von den Stürmen und Gefahren, den Festen und der Sehnsucht dieser Seele, ich wusste kaum etwas von dem Orte, an dem sich ihr Leben abgesponnen hatte, in das ich plötzlich getreten bin. Und nun ist sie verknüpft mit einer, die fern von uns in einem tiefen kleinen Grabe ruht, und wenn mein Bub ihr heute Blumen reicht und seinen hellen Glückwunsch sagt in argloser Fröhlichkeit ob des ungewöhnlichen Tages, so sind unsre Gedanken, wenn unsre Augen über die Blumen und die Briefe gleiten, bei einer Toten, in deren Liebe sie einander ganz verstehen. Eine Verwandte ward von uns genommen, die in uns beiden lebt. Wo ist das »Ende«?

Das Theater

Großmutter, auch meine ersten Theatererinnerungen sind mit dir verknüpft. Ein Dampf wie aus Gold und Ambra steigt aus ihnen auf. Man möchte die Augen schließen und diese Seligkeit zurückträumen, die man als Kind vor dem geschlossenen Vorhange genoss, der sich leise bewegte und die Wunder einer erhöhten Lebendigkeit verbarg.

Das Theater ist doch recht eigentlich für die Kinder da. Was haben Erwachsene mit ihm zu tun? Reife, besonnene, stille Menschen der Seele? Ihnen ist es doch nur eine grobe Sache, ein wüster Lärm. In der Provinz freilich war vor vierzig, fünfzig Jahren das Theater so etwas wie die Blumenstöcke, die man täglich begoss, eine Gewohnheit. Und ich danke ihr viel: eine Traumwelt mit ihrer eigenen Verfassung. Du, Großmutter, hattest dir bis in alte Tage eine gewisse Freundschaft für das Theater bewahrt. Komm mit mir vor den Vorhang, der die Geheimnisse verbirgt ... Noch ist das Haus verdunkelt, denn Kinder können nicht früh genug kommen. Aber mit eins flammt es im ganzen unermesslichen Raum auf. Und das Stimmen der Instrumente versetzt die fieberhaft gesteigerte Erwartung bereits ins Fabelreich übermenschlicher Lustbarkeit. Schon der Geruch genügt, träumen zu machen, wie man später im Leben wohl nur über Erinnerungen sich verträumt. Und rauscht gar erst der Vorhang in die Höhe, tritt in das grelle Lampenlicht der seltsam gewandete Chor, dann fliegt die Kinderseele, wie der Rauch der Flamme vom Luftzug erfasst wird und den Raum erfüllt ... Das Theater! Es hat noch eine große Rolle in meinem Bubenleben gespielt, eine magische Rolle, der ich viel Dank schuldig bin. Und diese Magie des Theaters hat sich später nicht verflüchtigt, nur andre Formen angenommen, als auch meine Seele andre Formen annahm, gleichsam mager wurde und krank vor unverstandener Sehnsucht der Sinne. Denn ich liebte später wie Wilhelm Meister die Kulissen und die Zauberinnen, die dort Hofstaat halten. Ich wäre gern ein Page gewesen, der den Holden die Puderquaste gereicht oder gar das Miederleibchen geschnürt hätte, von stürmischen Küssen selig belohnt. Es hat anders kommen sollen, und ich bin um eine Illusion ärmer in meinem Leben. Denn ich habe niemals die geheimnisvoll reizende Liebe einer Theaterdame genossen, obwohl ich darum buhlte mit der ganzen schüchternen Unverfrorenheit eines braven Knaben, der auf »Abwege« geraten ist ...

Der Geburtstag des Einunddreißigjährigen

Zum ersten Mal ohne deinen lieben Glückwunschbrief! In den bei aller Schnörkeligkeit so sicheren Schriftzügen hast du mir ihn immer dargebracht, und was ein Menschenherz aus seinem tiefsten Grunde heraufholen kann an Güte, hast du mir darin gegeben. Es war immer etwas Segnendes in deinen Worten, so, als kämst du von einer Zwiesprache mit dem lieben Gott und als hättet ihr da beide, er und du, in aller ein wenig seufzenden Behaglichkeit des Alters mein Schicksal aus besonderem Anlasse wieder einmal reiflich erwogen. Und wie wenn deine Finger mir übers Haar führen, leis, streichelnd, innig, treu und stolz, war so ein Brief. Und nun kommt keiner mehr … Das aber schreibe ich, dies hier, die Zigarre im Mund und den Wein neben mir, und es erhebt sich im behaglich durchwärmten Zimmer – es ist im Mai, aber mir ist's noch lange nicht warm genug – manchmal ein starkes Hundeschnauben, in den Gaslampen saust es, und es kommen gedämpfte Stimmen herüber zu mir in die Stille … Es ist gut, dass das Leben immer wieder über die tausend Risse des Erdbodens seine grüne Decke wachsen lässt, es ist gut so, denn man würde ja verzweifeln, wenn alle die Gedanken an das, was gewesen ist, in einem blieben, da es doch sicherlich immer schöner gewesen ist. Es ist gut so, und doch sagt man das mit einem Gefühl der Scham über diese rohe Art des Lebens, an der man sich zum guten Teile selbst mitschuldig weiß … Mein einunddreißigster Geburtstag! Meine Schwester schreibt mir, ob ich mich denn noch erinnerte, wie wir immer nur von der Zukunft gesprochen hätten, wie eben Kinder sprechen: »Wenn wir groß sind« … Ob ich mich erinnere! Es scheint, als sei mein Leben an das Jenseits der Höhe gelangt, von wo es so bequem abwärts geht. Denn ich kann der Erinnerungen gar nicht Herr werden, die sich andrängen. Was so der Tag gelassen mit sich führt und teilnahmslos bei einem liegen lässt, das hat im Augenblick und auch noch hinterher, vorläufig wenigstens, geringe Kraft. Die Erinnerung aber wurzelt, und immer zieht der Wind der Zeit durch ihre Zweige, und immer rauscht es in dem alten Baum von oben herab bis hinunter, tief ins Erdreich. Also bin ich doch schon »alt«. Sicherlich, sicherlich. Denn Jugend kennt kein Erinnern. Jugend kennt nur ein Vorwärts, ein hastendes, nie rastendes Vorwärts, kaum ein Atemholen. Mein Atem aber geht oft so beruhigt, so gleichmäßig – wie im Schatten. Jenseits der Höhe ist man ja auch im Schatten.

Was ist meine Höhe? Lass es mich übersinnen. Ich glaube, es ist die Zeit gewesen, als mein Bub kam. Wie in Sonne liegt diese Zeit. Weiße Türen, weiße Fensterrahmen und weißer Frühling ... Mein Bub! Heute hat er mir ein paar französische Verse aufgesagt und war voll von Geheimnissen vorher gewesen; so bedeutend muss ihm dieser Tag geschienen haben. Französische Verse! Es muss wohl sein, dazu hält man ihm ja eine Bonne supérieure, dass er die fremde Sprache recht bald geläufig erlerne – und doch ... Er hat in seiner Kindlichkeit eine sieghafte Kraft, die all das aufgepfropfte Zeug überwindet; immerhin, es war mir ein leiser Missklang ... Er hat mir später gesagt, dass er keine Ahnung hätte, was er mir da gewünscht habe. Allgemeine Entrüstung, gutmütige Entrüstung, war erfolgt. »Aber Bubi, du weißt doch, was du dem Papa gesagt hast!« Man habe es ihm ja so und so oftmal wiederholt ... Guter kleiner Kerl, brauchst dich nicht zu schämen, dass du es wieder vergessen hast. Es hat nichts mit dir zu tun. Und nichts mit mir. Deine lieben Blumen, deine bemalten Zeichnungen hab ich mit großem Dank aus deinen kleinen Händen entgegengenommen; deine französischen Verse haben daran nichts verdorben. Es war nur ein ganz leiser Missklang. Du kannst nichts dafür ... Früh – die Jalousien waren noch herabgelassen – schlich ich mich leise durch dein Zimmer, dich nur ja nicht zu wecken, du aber lagst schon wach und stelltest dich schlafend, und dein kleines Herz klopfte vor seligem Erwarten: es galt ja, den Papa zu überraschen. Ich ehrte deine Erwartung und verhielt mich auch ruhig und ließ die Bonne dich in geheimnisvoller Stille dicht neben mir ankleiden. Ich durfte ja nichts merken. Und dann kamst du und warst mein Führer an den Geburtstagstisch, auf dem nach alter Sitte die vielen weißen Kerzchen um die schwarze Torte herum brannten und flackerten. An deiner Hand bin ich in das zweiunddreißigste Jahr meines Lebens getreten ... Warum mir der kindisch pathetische Vers aus »Don Carlos« immer in den Ohren summt: »Einundzwanzig Jahre, und noch nichts für die Unsterblichkeit getan!« Freilich, ich habe nichts für die Unsterblichkeit getan und bin gar einunddreißig Jahre alt geworden. Ich habe mir Jahr um Jahr meine drei bis vier Paar Schuhe gekauft, habe täglich meine Mahlzeiten eingenommen und bin den Pflichten meines Berufes nachgekommen. Mehr hab ich nicht getan. Für die Unsterblichkeit nichts. Gar nichts. Du bist meine Unsterblichkeit, kleiner Hans, in deinen blauen Augen lebt mein Unsterblichkeitsglaube. Mehr brauche ich nicht … Ich bin in den letzten Wochen nach langer Zeit wieder ein paarmal im Theater gewesen. Es waren ein paar neue Sachen zu sehen, die mich einigermaßen interessierten. Ungefähr eine bis zweieinhalb Stunden habe ich mich auch ganz wohl gefühlt, behaglich ja nicht, aber doch leidlich. Die Schauspieler gaben mir dies und das zu sehen, zu hören und zu denken. Plötzlich ist mir eingefallen, dass du zu Hause lägst in deinem weißen Bettchen und dass eine fremde Person bei dir sitzt, eine Bonne supérieure, der wir dich anvertraut haben auf viele Stunden, und dass ich, dein Vater, hier verweilte in einem bunten Hause unter fremden, lautatmenden Menschen, zwecklos, gänzlich zwecklos – »um ein neues Stück zu sehen!« Und da habe ich eine Sehnsucht nach dir empfunden, und eine Angst ist in mir aufgestiegen, es könnte dir etwas zugestoßen sein, und ich käme nach Hause in später Nacht, im Gesell-schaftsanzug, etwas zerknittert und müde, übernächtig, und die Bonne supérieure stürzte mir entgegen und stieße einige schreckliche Worte hervor, die von dir handelten … Natürlich habe ich mich wieder »beruhigt«, habe mir des Öfteren wiederholt, dass das Unsinn sei, dass dir nichts geschehen wäre, dass du ruhig schliefest und uns gar nicht entbehrtest; denn ein Kind: was ist ein Kind? Man kann ihm wegster-ben, und es vermisst einen nicht … Aber das sind doch eigentlich recht vermessene, gotteslästerliche Gedanken der Sicherheit. Man schlägt die Zeitung auf und liest immer wieder von schauderhaften Unglücksfällen: Zugszusammenstößen und Erdrutschen, Lawinen und Feuersbrünsten, Mordtaten und Hauseinstürzen. Und es ist eine uner-hörte, schamlose Bequemlichkeit, sich im Theater zu sagen: »Mein Kind schläft ruhig in seinem Bette. Es ist ein Unsinn, sich einzubilden, dass ihm etwas geschehen sei.« Einmal stehst du da, und was deine bohrenden Gedanken dir, immer wieder verscheucht, so lange schon erzählt haben, ist geschehen. Was machst du dann? Bist du denn ausersehen als einer, dem nichts dergleichen zustoßen könnte? Woher

kommt dir diese frevelhafte Sucht, dich immer wieder zu »beruhigen?«
...

Geburtstagsgedanken! Absonderliche Geburtstagsgedanken. Vor einunddreißig Jahren hab ich in einem weißen Rollwägelchen mit blauen Vorhängen gelegen, und viele junge Tanten sind um mich herumgestanden: ich war ja ein Wunder der Welt, das erste Kind in der Familie. Man stritt sich darum, mich tragen zu dürfen. Und meine Mutter lag daneben im verdunkelten Zimmer und hatte die Augen geschlossen in süßer schmerzlicher Seligkeit, und du, Großmutter, saßest bei ihr und hieltest ihre bleiche Hand. Und dieses kleine, schreiende, rote Wesen mit dem spitzen Zitronenkopf bin ich, Mensch der absteigenden Lebenslinie, Mensch der »zwecklosen« Sorgen und der »übertriebenen« Seelennöte! Als mir mein kleiner Bub heute Stiefmütterchen überreichte, hab ich beim Anblick dieser vornehmen, dunklen, stillen, samtenen Blumen an ein Grab gedacht, an dein Grab, liebe Großmutter, nicht mit schmerzlicher Bangigkeit, sondern mit großer Ruhe. Die Bonne supérieure erklärte am Abend, dass Stiefmütterchen eine sehr zarte Blumengattung seien, die frohe und anhängliche Gedanken ausdrückten. Ich hatte das Gefühl, von ihr durch einige hunderttausend Welten getrennt zu sein ... Aber da fiel mir ein, dass diese Bonne supérieure eine Mutter habe wie ich und dass sie durch viele hundert Meilen von ihr getrennt sei und das traurige Brot der Verbannung esse, und was ich ihr sei, ich, der ich ihr einen Monatslohn bezahle dafür, dass sie meinem kleinen Hans französische Verse beibringt zu meinem Geburtstage, und ein tiefes Mitleid stieg in mir auf, und ich sah ihr zermürbtes Gesicht mit einiger Rührung an. Das Mitleid schwand bald, denn mich geht sie ja weiter nichts an, und wenn sie sie mir heute brächten, überfahren von der elektrischen Trambahn oder verletzt durch einen Dachziegel, hätte ich doch wohl nur das Gefühl der lästigen Bürde einer fremden Person, aber recht ist das nicht, allmächtiger Gott, und klein hast du uns hergesetzt in deine große Welt, klein und erbärmlich, und nur deine Gnade kann uns erlösen von dem Übel, das wir an unsrer unsterblichen Seele erleiden und andre unsterbliche Seelen leiden machen ... Noch einen Schluck Wein und dann zu Bett ... Der kleine Hans schläft schon lange ...

Von der Gnade

Als wir Kinder waren, meine Schwester und ich, erschuf ich mir ein Bild der Welt, das neben dem Alltag gelassen einherging: sie hatten nichts miteinander zu tun, der Alltag störte mich nicht in meiner Schöpfertätigkeit, er spielte eben im Notfalle mit. Wenn ich zu Bett gebracht wurde und es mir durchaus noch nicht dazu an der Zeit schien, hieß das: »Er wird gewaltsam eingekerkert.« Und wenn ich die Kleider wechseln sollte, so war das etwa: »Man zog ihm den Krönungsmantel an.« Wenn wir durch die Gassen der Stadt gingen, befahl ich ihnen, mich als meine Kulissen zu begleiten. Ich war gewöhnlich ein großer Feldherr »von Amerika« und meine Schwester »sein Bruder«. Ich behielt meinen Taufnamen, denn er schien mir schön. Sie aber hatte den ihrigen abzulegen und erhielt von mir den Märchennamen Gustav. Wir waren gewaltige Herren, ich natürlich der gewaltigere. Man grüßte uns allerwegen, und wir dankten huldvoll ... Wo endet dieses Reich der Kindheit? Ist ein durchlöcherter Zaun da, der einen plötzlich in die weithin gedehnten einförmigen Felder der Wirklichkeit entlässt? Stürzt man von einem steilen Rande schwindelerfasst in Abgründe? Oder zerreißt ein Schleier und enthüllt die Hässlichkeit um uns, jenseits unseres Weges? Ich denke mir die Kindheit am liebsten als einen umhegten Garten, einen Dornröschengarten, in den kein Laut der Außenwelt hineindringt. Hohe Hecken, dichte Bäume schließen ihn ein. Aber in einem Winkel des Gartens, wo das Buschwerk am dichtesten ist, liegt die versteckte Pforte. Jahre und Jahre lang geht man vorüber, sieht sie nicht, ahnt sie nicht. Sie wartet ... Eines Tages dringt man erhitzt durch das dichte Buschwerk und steht vor der Tür. Und da dauert's dann noch geraume Zeit, bis man daraus ins Freie gelangt. Man hat erst die Süßigkeit dieser Entdeckung zu schlürfen. Das mag unterweilen auch noch Jahre währen. Hat man aber den rostigen Riegel zurückgeschoben, dann springt sie krachend auf und lässt sich nicht mehr verschließen. Und steht man einmal draußen, ist der Garten mit eins auf immer verschwunden. Der Engel der Kindheit hat hinter dir die Pforte mit einem langen wehmütigen Blicke zugelehnt, und du hast es nicht bemerkt in der Wonne der Freiheit, überhört das melancholische Knarren des Tores in der Seligkeit lockender Wagnisse. Als man sich endlich umkehrte, leise von einem Heimatgefühle gemahnt, war der Garten verschwunden. Und dann heißt es draufloswandern in die Ferne, die immer weiter und weiter sich dehnt. Immer neue Hügel, und hinter ihnen immer neue Flächen – und der Himmel weicht und weicht zurück ...

Oft stelle ich mir die Frage, ob man dem Kinde den Garten länger erhalten könnte, als es sein Los scheint. Und immer wieder muss ich's mir bitter verneinen. Nein. Wenn die Stunde gekommen ist, findet das Kind die Pforte. Traurig ist nur das Schicksal des armen Kindes, dem roher Unverstand oder gnadenloser Hohn sie vor der Zeit öffnet. Selbst sollen sie sie finden, selbst müssen sie sie finden. Arme Kinder – ich sehe Klein-Kleinste auf dem Theater mit den Großen sich in wüstem Reigen für den gaffenden Pöbel drehen, arme müde Kinderbeine in Trikots und bunten Lappen – arme Kinder, denen man den Urgarten zu bald ersetzt hat durch eine künstliche Anlage! Auch die Jugend ist eine Sache der Wohlhabenden. Kindheit ist ein Schatz, den man nur der Güte dankt. Unglaublich rührend ist mir die Geschichte der kleinen Italiener, die von den Eltern ins Elend geschickt werden über die Berge. Sie wandern mit der Maultrommel oder dem Murmeltier und haben sich ihr Brot zu verdienen. »Ihr Brot zu verdienen!« Kinder! Kann es eine grausamere Anklage gegen die Gesellschaft geben? Oder die Bettelkinder an den Straßenecken. Die Mutter sitzt im Schatten, das Kind steht in der Sonne und hält den durchlöcherten Hut hin. Habt ihr schon einmal in solche Kinderaugen gesehen, die das Leben noch nicht begreifen und schon darum betteln müssen? Und es heißt, die Berufsbettler entlehnten andern Leuten oft verkrüppelte Kinder, den Eindruck eigener Bresthaftigkeit aus Geschäftsrücksichten zu steigern ... Blumenmädchen in Nachtspelunken. Hohläugig, hohlwangig, mit bloßen Füßen, das strohgelbe Haar in einen strengen Knoten geknüpft. Sie bieten, während von der Bühne die grellen Stimmen entblößter Weiber durch den Zigarrendampf lärmen, ihre verwelkten Sträuße an. Der Gast, der sich in seiner Behaglichkeit nicht gerne stören lässt durch das Elend, weist sie unwillig ab. Sie gehen von Tisch zu Tisch, und ihre schmalen Lippen murmeln immer wieder: »Der Vater ist krank und kann nicht arbeiten, und wir sind sechs Kinder.« Scham, dich haben sie ihnen getötet, süßeste Blüte der Mädchenschaft, heilige, keusche, unbewusste Scham. Ausgestoßen haben sie dich aus dem Wundergarten, armes Kind, ehe seine Früchte für dich noch zu glänzen begannen. An Straßenecken, auf dem feuchten Boden hattest du sitzen müssen stundenlang mit frierenden Gliedern und die Vorübergehenden mit den wenigen Worten, die du besaßest, anflehen um eine Gabe. Gedankenlos, ohne Gefühl für dein Schicksal, das ist sicher, aber eine harte Erinnerung hat sich in deine arme Seele gegraben, und Spinnengewebe hängen vor den erblindeten Fenstern, die in die Welt führen. Und nimmer, nimmer kannst du diese Erinnerung verwischen, gedemütigtes Kind ...

Kinder, die nie den Frieden der Häuslichkeit, nie den Segen mütterlicher Güte gekannt haben, wissen ja auch wenig von der Sehnsucht der Wanderer. Früher als andere sind sie gerüstet gegen den Hagelschauer der Welt. Aber diese süße Sehnsucht, wer, den sie jemals besucht hat, möchte sie ernstlich missen? Sie zerreißt dir wie mit tausend zart trippelnden Füßchen das Herz, aber du liebst sie, sie ist deine Heimat, in ihr bist du bei Gott, das weißt du tief innen. Spät erst, spät gelangst du wieder zu Gott, wenn es dir überhaupt beschieden ist, zu einem andern Gott als dem, der über deiner Kindheit beruhigt seinen Blumenmantel gebreitet hielt. In dieser Sehnsucht aber hast du ihn immer. In ihr kannst du seine Stimme hören, diese mächtige Stimme, die den Menschen sonst nur aus den Gräbern geliebter Toten vernehmbar ist und dann so schrecklich kalt und streng tönt ...

Sehnsucht nach der Kindheit! Wo sind die Tage, da uns das Lusthaus ein mächtiges Gebäude war, in dem sich alle Abenteuer der Welt abspielten, Gefechte und Belagerungen, einsame Wacht und dämmernde häusliche Ruhe der Familie, die wir gerne vorstellten? Da ein Wiesenplatz mit blühenden Blumen, über dem Schmetterlinge schwebten, tiefste Ruhe ausströmte und das Plätschern des Springbrunnens in der gläsernen Mittagsglut eines Geburtstages, wenn wir vom Märchenbuch aufblickten in die leise schwankenden Zweige der Eschen, uns wie die Stimmen der Feen klang! Tage der Kindheit, da jedes Erwachen einen Gedanken an selige Spiele mit sich führte, jedes Schlafengehen einen zögernden Abschied von Puppen und Reitern, Karren und Sandwagen bedeutete. Erst als man uns früh bei flackerndem Kerzenlicht aus dem warmen Bette zur Schule scheuchte, verblassten allgemach diese wundervollen unendlich reinen Tage. Schulzimmer, Nüchternheit kahler Wände, Ödigkeit gilbender Landkarten, Knarren der Kathederstufen, was hast du alles dem Kinde geraubt! Lehrer, der du das »Schwätzen« der kleinen Welt mit funkelnden Brillengläsern störst, was bist du für ein schauderhafter Barbar, armer Barbar der Frone, Scherge deines fürchterlichen Amtes! Grün gestrichene Bänke, in denen die Tintenfässer mit ihrem schwarzen Inhalt wie unheimliche Tümpel stecken, was seid ihr für Peiniger! Draußen ist die Welt, hier ist das Gefängnis. Draußen ist die Mutter, draußen sind der Garten und das Lieblingspferd und der Hampelmann. Hier steht der Herr Lehrer, und hier liegt das fürchterliche Buch, das Angst und Qualen kostet. Kenntnis, wie teuer machst du dich bezahlt! Und wie lange dauert's, bis man dich überwindet und zurückkommt, ein müder Sträfling, ins entgötterte Gefilde! Tausend Jahre sind die Schulzeit, tausend quälende, entnervende Jahre. Wenige kehren aus diesem Schiffbruch aller besseren Gefühle zurück. Die meisten bleiben auf den Klippen ihres verödeten Lebens liegen, wo die eintönigen Wogen des großen Meeres Wissen brandend sich brechen. Kein Nachen, kein Segel weit und breit. Und endlich naht die Nacht, der Tod, und sie haben niemals zurückgefunden in die Heimat. Wenn die Sehnsucht nicht wäre ...

Wissen, totes schreckliches Wissen, was bist du? Dem, der dich zu meistern versteht, der dich kämpfend hinter sich bringt und von sich abtut, bist du ein reinigendes Bad, manchem Starken vielleicht sogar eine Stählung, den meisten bist du ein Labyrinth, aus dem sie nicht herausfinden, darin sie sich verirren, verhungern und bei lebendigem Leibe verfaulen.

Wissen ist nichts, sagt der Weise, Wissen ist Tand. Gnade ist alles. Und wo wäre sie reiner, blühender, seliger als in der Kindheit? ... Aus dem Klostergarten ging einer fort. Ihn rief die Stimme in die Ferne. Und als er Jahr um Jahr durch die Welt gestreift war, zerrissen hatte die Kleider an den Dornen der Lust, versengt die Augenbrauen über den flackernden Lichtern der Kenntnisse, hörte er mit eins die Glocken seines Klosters wieder klingen; er stand im Hag, wo er die Abschiedsrose sich gebrochen hatte vor vielen Jahren. Und milde fragte der Pförtner: »Kehrst du zurück?« ... Wer von uns kehrt zurück? Ist das Menschenlos, verhängt vom ewigen Ratschluss? Nein, das ist Menschenwahn, verhängt von Menschensatzung. Sieh um dich, Mensch des Wissens, wohin du es gebracht hast! Zur Verödung. Die Natur hast du entgeistert, dein Leben hast du zerstückelt, die Welt entseelt. Da stehst du frierend, und deine Arme hängen kraftlos aus den Schultern, die sich immer nur aufgeladen, aufgeladen haben. Taugt dir dein Wissen? Es hat dich nichts wissen lassen als deine Armut. Wohin ist deine Demut, wohin dein Stolz? Du hast sie beide auf dem langen Wege durch Wirrsal und Kot verloren. Du kannst nicht mehr staunen, du kannst nicht mehr mit dem Herzen lachen. Aber du lachst bei rohen Scherzen, wüsten Festlichkeiten. Deine Tränen sind versiegt. Dein Fuß trägt Schwielen. Sie sind die Marken deines Weges. Und hättest du die Welt durchwandert, die Welt des Wissens und die Welt der Tat, arm bist du geblieben, und nur kennen lehrte dich das Wissen deine Armut. Dies ist die uralte Sage vom Baume der Erkenntnis. Sehend ward der Mensch über seine Nacktheit. Sehend ward er und verlor die Gnade. Die Gnade hatte ihn die Tiere verstehen, sie hatte ihn seine Nacktheit übersehen lassen. Die Gnade hatte ihm die Welt gegeben, das Wissen nahm sie und gab ihm die Mühe dafür und den Zweifel. Selig, die sagen können, dass sie Kinder gewesen sind. Selig die, die zur Weisheit gelangt sind von der Gnade.

Der Glaskasten

Heute sagt man »Vitrine«. Und unerlebt wie das Wort ist auch das Wesen des Gegenstandes, der damit gemeint ist. Damals aber sagte man »Glaskasten«, und das bedeutete etwas. Ein Glaskasten, der stand an hochgeachteter Stätte, man sah ihn täglich, und man sah ihn täglich mit scheuer Bewunderung. Niemand hätte es gewagt, den Schlüssel im Schlosse herumzudrehen, also dass man hineingelangt wäre zu den Kostbarkeiten, die er barg. »Vitrinen« haben gar keine Schlüssel. Das ist der Unterschied. Man hat an ihnen nichts zu öffnen und nichts zu verschließen. Der Möbeltischler liefert sie, und man stellt »moderne Kleinkunst« hinein. Eine ekelhafte Zeit das heute! Eine Zeit ohne Geheimnisse. Die ältesten Leute lassen sich von dieser schamlosen Zeit verführen zu »Vitrinen«. Dafür verkaufen sie ihre braven Glaskasten dem Trödler.

Steig auf eine Anhöhe in der Nähe der Stadt. Du siehst nichts als Schlote. Die paar Kirchtürme, die du außerdem erblickst, sind dir in deinem liberalen Leibblatte sowieso schon längst bestritten worden. Wundervolle Einrichtungen kannst du dir zeigen lassen: Gebäranstalten, Siechenhäuser, das Gebäude der Unfallversicherung, die Sparkasse, das neue Landhaus, die Hypothekenbank, die Zigarrenfabrik. Sie haben alle Fassaden mit Fruchtgewinden und allegorischen Figuren, und du kannst dir ausrechnen, wie viel Fenster die Fensterputzanstalt jeden Monat zu reinigen hat. Die Schlote aber dampfen sämtlich. »Unentwegt«, wie die Leitartikler sagen. Eine »unentwegt« barbarische Zeit. Es gibt Stiefelputzer und Eiswerke, Hebammenschulen und Fechtkurse. Alles gibt es. Für soundso viele Gulden kannst du Mitglied unzähliger Vereine werden: der Kinderbewahranstalt, des Blindeninstitutes, des Vereins zur Bekleidung entlassener Sträflinge. Alles ist »eingerichtet«. Jeder Mensch, dem du begegnest, ist ein Mitglied. Auf jedem Aussichtswartetischchen steht eine Sammelbüchse. Deine Zündhölzchen sollst du nach einem politischen Bekenntnis wählen. Und du kannst im Abonnement sowohl Kleider als auch Sinfoniekonzerte haben. Und wenn einer mehrere Jahre hindurch »unentwegt« dem Taubstummenheim tausend Kronen gespendet hat, so kann aus seinem Sohne, vorausgesetzt, dass er über seine Klasse hinauf heiratet, immerhin noch etwas werden. »Andächtig« hören die Vertretungskörper die Messen an den festgesetzten Tagen. Die »Gremien« versammeln sich mit und ohne Frack, wenn die Zeit gekommen ist. Der Orchesterverein hält jeden Samstag Probe. Und die Abendkurse für Schnittzeichnen sind ebenso gut besucht wie die siebzehn Wintervorträge im Gewerbemuseum. »Unter den Anwesenden bemerkten wir«, verzeichnen die Journale. Wenn du stirbst, sei versichert, dass sich die dir angemessenen »Vertreter« einfinden werden. Und wenn es dich in der Ewigkeit interessieren sollte, könntest du noch Nachträge in den Abendblättern lesen: »Wir müssen unsern Bericht von heute Vormittag dahin ergänzen, dass ...« An allen Straßenecken kannst du auf Draht gezogene Blumen erstehen. »Wegen Übersiedlung des Geschäftes werden sowohl Schwimmhosen als Spucknäpfe und Kohlenkübel tief unter dem Einkaufspreise abgegeben.« Die Meisterwerke der bildenden Kunst erscheinen immer wieder in Lieferungsausgaben. »Klassiker« werden nach dem Gewicht und samt dem Bord verkauft. In Eiche oder mahagoniartig gestrichen. Und der Schützentag in Hinter-Dreckstädtel war wieder durch die Teilnahme von Herrn Nebenbei ausgezeichnet ... Es ist eine

Zeit für strebsame Gönnergratulanten. Der Marschallstab wird nach der Elle zugemessen. Und in dem bekannten dazugehörigen Tornister führt jedermann »Zeugnisse« ...

Aber die Glaskasten sterben aus. Nur taube Jungfrauen über siebzig Jahre lassen sie, ohne Ahnung von der Umwertung aller Werte, in ihrem Zimmer stehen ... Was waren das für seltene Festtage, wenn man uns den Glaskasten erschloss! Da waren rubinrote Gläser mit milchweißen Weinblättergirlanden, in die Anfangsbuchstaben eingeschnitten waren: so sahen die Hochzeitsgeschenke damals aus. Heute spendet man bei solchen Anlässen »Pariser Bronzen«: »Die Harfenschlägerin« oder »Der Incroyable«. Da gab es Teller mit Erdbeermustern, geschliffene Schüsseln aus lauter quadratischen, in den Farben abwechselnden Flächen. Und die wunderlichen Figürchen: ein Herr in eng anliegenden gelben Beinkleidern mit hohen Vatermördern und einer Glatze; man steckte Zahnstocher in diese Glatze, wenn man pietätlos genug dazu war; ein Schornsteinfeger mit weißen Kniestrümpfen: wenn man ihn recht zu gebrauchen wusste, so war er ein Menüträger. Liebenswürdige Geschmacklosigkeiten, mit Hingebung an die jedesmalige Aufgabe gearbeitet. Im Glaskasten standen die Tauf- und Firmgeschenke: Becher mit Inschriften und Jahreszahlen, Gläser mit Sinnsprüchen ... Leute von Tradition bewahrten daselbst auch ihre Diplome und Hochzeitsmyrten ...

Auf meinem Tische liegt ein flacher, maulaufsperrender hagerer Kopf aus Porzellan mit einem sauberen schwarzen Knebelbarte. Der Mann ist wohl an die achtzig Jahre alt. Staunend betrachtet diese starre Grimasse manchmal mein Bub. Ich streife die Asche in den am roten Lippenrand mit drei Zähnen verzierten Schlund. Daneben steht eine moderne grüne Schleiertänzerin, auch aus Porzellan. Sie dreht ihre Hüften nach auswärts und spannt den unterm dünnen Gewand anatomisch deutlichen Leib. Harmlosigkeit neben perverser Grazie. Hans, kleiner Hans, du wandelst zwischen schroffen Gegensätzen. Tröste dich, in ein paarmal zehn Jahren bist du ganz in deiner Zeit. Dann haben nur mehr taube Jungfrauen über neunzig Jahre Glaskasten – und du fährst mit dem Automobil zu Wahlenthaltungsvereinen. Möchte ich bis dahin tot sein!

Von den Dichtern

Hast du Jean Paul gekannt, Großmutter? Wahrscheinlich hattest du in deiner Jugend auch ein oder das andere dieser so weitläufig und geschmackvoll gedruckten Bändchen in gesprenkeltem Pappeinband gelesen mit den schnörkeligen Titeln und der atemlosen Beredsamkeit. Aber wenn ich dich heute nach dem Verfasser fragte, würdest du wohl sagen, er wäre veraltet. Merkwürdig, gerade die alten Leute finden das. Und ich kann das so gar nicht finden, ich Junger! Ich sehe in Jean Paul eine Künstlerschaft erreicht, ein Dichtertum – manchmal, heißt das, und wie den stürmischen Aufstieg eines riesigen Vogels, der dann doch wieder schwerfällig niedersinkt –, ein Dichtertum, das ein Goethe nicht besaß. Denn dieser Jean Paul, der aus Zetteln und Schnitzeln, aus der Lade gleichsam, seine unendlichen Romane spann und einen Pudel hielt als Lockenlieferer für schwärmerische Anbeterinnen seines Genius – »Genius«, denkt man da nicht immer an schwärmerische Anbeterinnen in verschlissenen Seidenkleidern, mit langen Schmachtlocken? –, dieser Jean Paul war begnadet, zu sehen und zu hören und Kunde zu geben von dem Gesehenen und Gehörten aus Regionen, die keines Menschen Ahnung je betreten hatte mit scheuen Flügelsohlen. Wenn er das Morgenrot der Kindheit herauf zaubert über einer kleinen Stadt oder einen Abschied leise sich verbluten lässt wie einen Sommerabend oder das selige Bangen eines Liebenden in einem Garten beschwört, einen silberfüßigen Elfenreigen von unzähligen ganz kleinen und miteinander wie in einem Spinnennetze verwobenen Gefühlchen, wenn er die Größe der Welt in der schauernden Brust eines Jünglings widerstrahlen macht wie die Sonne in einem Silberschild, dann ist dieser unerträgliche Witzler und Worteschrauber einfach himmlisch, himmlisch, das heißt ein Himmlischer, einer von drüben, wo sie keinen Schatten werfen. Man muss ihn nur zu lesen wissen mit seiner Inbrunst und mit seinem Rhythmus. Kommt man aus dem Takt – und sein Takt ist nicht leicht –, dann hat man ihn auch verloren, er geht weiter mit lautlosen Sturmschritten, und man holt ihn diesmal nicht mehr ein. Unsre großen Dichter sind alle so furchtbar klug. Wie unglaublich weise und immer weiser ist der große Goethe! Wo man ihn aufschlägt, immer liegt sorgsam Weisheit gebreitet wie Wäsche auf der Bleiche. Wie bald ist diese selige Trunkenheit der Jünglingsseele verraucht, die eine »Harzreise im Winter«, einen »Ganymed« erschuf! Du, begnadeter Jean Paul, hast sie dir immer bewahrt, oder besser: Gott hat sie dir bewahrt, denn du warst ein Liebling. Dass dir daneben allerlei mit unterlief, Geschmacklosigkeit und Grobheit, langweiliges Zeug und süßlich verschrobener Unsinn, wer wird dir's verdenken, der deiner Feierstunden strahlenden Glanz wie den Glanz einer von unsichtbaren Engelshänden emporgehobenen Monstranz ehrfürchtig in sein Tiefstes eingesogen hat, dass er gestärkt aufstand in dieser armseligen Welt, wie Siegfried schlangenhäutig gegen jeden Widersacher, der sich aus dem Drachensumpfe des Tages erhebt! Wir haben noch einige wenige Genossen deiner Entzückungen, süßester Dichter deutscher Zunge: ihn, der wie unter Hirten über grüne Gelände schritt, das lange lockige Haar im Nacken, den großen Blick der tiefen Augensterne nach der Sonne gerichtet: Hölderlin, und jenen einsam innig beschaulich am Bache gesenkten Hauptes Wandelnden, den Schutzgeist grüner Waldesdämmerung im Farrenkrautduft: Mörike, ihn, der so hoch hinaufreicht wie der Psalter Jehovas, ihn, der über Schaumgeflock der brandenden Woge emporsteigt zum »besonnten Strand«. Und du, Adalbert Stifter, mit dem Kinderherzen und den Gottesaugen, armer, gescheuchter Fremdling, ins zermürbende Leben versprengt aus Adlerhöhen, zärtlichster Freund und Genosse der Welt, du unerreichbarer Baumeister deiner deutschen Sprache! Dichter ihr, Selige, euch, meine Brüder, rufe ich an! Was war euer Alltag? Ein enger Raum, ein Herdfeuer, eine Kaffeemaschine, die das Haus erfüllte mit braunem Gerüche, ein abgetragenes Magister- und Vikarskleid oder die behäbige Schlafrockbequemlichkeit eines Wunsiedler »Legationsrates«. Was war dein Alltag, Hoffmann, du Musiker aller Musiker, freister Geist unter den Deutschen! Ein Gesanglehrer- und ein Beamtendasein, kämpfendes Elend und als Beschluss das bürgerliche Ansehen dritter Ordnung. Stifter, du liebenswürdigster Supplikant, bescheidenster Pedant, enttäuschtester Schulrat! Kaktusmysterien im überhitzten Zimmer, und – die schwebenden Gärten des »Prokopus«! Enge ließ euch wachsen, sie gab euch Schwingen, glänzender denn die Schwingen der purpurnen Vögel Dschinnistans. Enge habt ihr verwandelt mit dem Magierstab eurer Gnade in die fabelhaften Blumenparadiese der Semiramis.

Siehst du, Großmutter, dass das Leben nichts bedeutet, wenn man nur Gott hat. Gott muss man haben. Du hattest ihn, und dein Leben war in seiner Enge, seiner Trauer, seiner gepressten Schwere und Schwüle doch ein Leben jenseits der andern Leben, ein Leben voll von süßen Stimmen und Melodien wie die Insel Prosperos, des verbannten Herzogs. Und sie, diese Fremdlinge, hatten Gott, und ihr Leben war reich und wie eine Feuerkugel über dem Leben der andern, sturmgeschwind und leicht wie eine Feder. Wen Gott auf seiner Hand wiegt, der kann seiner Ketten vergessen, der hat die Freiheit, die Zeitungsschreiber und Deputierte vor Königsthronen oder hinter Bierkrügeln, die Faust auf dem Tische, zu zwingen vorgeben. Nicht diese sind meine Brüder, diese Schwatzenden, deren armselige Vernunft vom brenzlichen Stroh der bürgerlichen Forderungen raucht, die Calibane, die Trinculo für einen Gott halten: meine Brüder – Großmutter, dir sag ich's, du wirst mich jetzt ja noch viel besser verstehen, da du Ihn anschaust –, meine Brüder sind die Fremdlinge, die Menschen, die manchmal von innen heraus erleuchtet sind und dann wieder ganz dunkel und still, die Menschen, die immer wandern und niemals sich an einem Ziele bescheiden, niemals Pflöcke einrammen und selbstgefällig Summen darauf anschreiben, die Menschen, die immer der Sonne nachgehen, immer nach Sonnenaufgang wandern, bis der Herr vom Himmel niedersteigt und sie mit sich nimmt in das Reich, dessen Abglanz sie als Sehnsucht tief in der Brust getragen hatten zeitlebens: die Dichter ...

Von den armen Reichen

Man kann durchaus nicht sagen, dass du das Leben »genossen« hättest, Großmutter: du hattest eine zu schwere Seele. Aber du bist ihm nicht aus dem Wege gegangen und hast dich von ihm finden lassen. Und es kommt nicht darauf an, dass einer »erlebe«, sondern nur darauf an, dass ihn das Leben finde. Wer sich gegen das Leben stemmt, wer ihm entflieht oder ihm zuvorzukommen trachtet, der leidet. Und man muss auch mit dem Leben sprechen lernen und ihm zuzuhören verstehen. Das Leben geht weiter. Du aber, der du mit ihm nicht zu verkehren imstande bist, bleibst zurück. Und es gilt auch, dem Leben keinen Widerstand zu bieten durch überflüssige Hüllen. Man soll den Mut haben, nackt zu bleiben, wenn es einen auch ein wenig frieren sollte. Das Leben will an deine Haut rühren, es verschmäht deine Hüllen. Deshalb sind die Reichen vor dem Leben so arm. Sie sind über und über bedeckt mit unnötigen Hüllen, und das Leben geht an ihren Hüllen vorüber. Ihr Herz aber erstickt unter den vielen Decken. Reiche Leute! Wie könntet ihr dem Leben dienen, wie könntet ihr das Leben genießen, indem ihr ihm dientet! Ihr aber macht euch lauter Sorgen neben dem Leben, und da hockt ihr abseits vom Wege, auf dem das Leben geht. Daher eure große Unruhe. Immer seid ihr hinter den Masken her, und immer versäumt ihr die Gestalten. Ihr habt keine Freude, sondern Possen, keine Traurigkeit, sondern Verdrüsse, keine Zuversicht, sondern Mutmaßungen und Bedenklichkeiten. Eure Hoffnungen sind vom Misstrauen gesprenkelt, eure Bequemlichkeiten sind von Zweifeln unterwühlt. Wenn ihr euch hinlegt zum Sterben: was wird euch eure Seele sagen, die ihr fast erstickt habt? Sie wird sagen, und es wird sein wie das Summen einer riesengroßen Brummfliege vor euern Ohren: Wo warst du dein Leben lang, Mensch, der du dich zum Sterben bereitest? Wo sind die Stapfen deiner Tritte? Wo sind die Früchte deiner Saaten? Du hast Kinder in die Welt gesetzt: hast du sie dir erworben? Hast du Werke errichtet, die deinen Namen führen: werden sie von dir zeugen? Und, Mensch, der du dich zum Sterben bereitest, hast du Gott vernommen in deinem Leben? Hast du ihn vernommen in der Natur, die du nur benutzt, niemals hast reden lassen? Hast du ihn vernommen in der Kunst, die dir ein blecherner Schall von leeren Becken blieb? In der Freiheit des Geistes, die du in den Ketten deiner Zwecke erdrückt hast? Mensch, der du dich zum Sterben bereitest, wo ist dein Herz, das dir gegeben ward wie deinem elendesten Fuhrknecht, auf dass du mit ihm wuchertest zu deiner höheren Ehre? Arme Reiche, wenn ich an euern Tafeln sitze und der Lärm, mit dem ihr eure unfruchtbare Stille tötet, überfällt mich, dann blicke ich in eure von nichtigen Sorgen wie von Würmern zerfressenen Gesichter und schaudere. Entsetzlich ist euer starres Lächeln, das so lästerlich die Freude äfft, euer armseliges Lächeln, das ihr mit einer übermenschlichen Anstrengung heraufholt aus dem verschütteten Brunnen eurer Seele und das ihr wie mit Nägeln an das schwarze Kreuz eurer Lust heftet. Lächeln ist Frieden. Wie solltet ihr lächeln können, ihr Friedlosen! ...

Fronleichnam

Der Fronleichnamstag gehört dir, Großmutter. Es ist nicht der »eigentliche«, der Donnerstag, es ist der Sonntag, der auf den »eigentlichen« Donnerstag folgt, der Sonntag, der dem Feste der Vorstadt aufgehoben ist. Für mich war dieser der »eigentliche«. Denn den »großen« Fronleichnam, den Festzug der Staatsbeamten und sonstigen Würdenträger, den sahen wir Kinder niemals so recht, vielmehr gar nicht, weil, ja, weil wir daran als »Schuljugend« im Spalier teilnahmen. Aber den Sonntag, der auf den eigentlichen Fronleichnamstag folgte, den durften wir genießen. Da waren wir nicht Zubehör, sondern Zuschauer, und bevorzugte Zuschauer. An uns, an unseren Fenstern zog der Zug vorbei. Und das waren deine Fenster, Großmutter ... Ich erinnere mich nicht, dass es jemals an einem deiner Fronleichnamstage geregnet hätte, Großmutter. Die Straße, die an »deinem« Hause – du hattest darin freilich nur eine kleine Wohnung inne – vorbeiführte, roch nach Wiese. Denn es war Gras gestreut ihre ganze Breite und Länge entlang. Schon das musste festlich stimmen. Gras mitten auf der Straße! Und von so und so viel Uhr an durfte kein Wagen darüber hinfahren: die Straße wartete ... Nun erschienen wir Kinder in den Feiertagskleidern. Irgendetwas Neues war immer dabei, ein neuer Strohhut oder neue Strümpfe oder ein neues Halstuch: das erhöhte selbstverständlicherweise die schon gespannte Stimmung. Dann fanden sich, wie sonst nur an den hohen Festtagen, zu Weihnachten und Ostern, die Verwandten ein. Sie »wimmelten« in den zwei, drei Zimmern. Es war wahrhaftig ein festliches Gewoge. Die Tanten hatten neue Hüte und rauschten in Batist- und Seidenkleidern. Man trank auch etwa ein Gläschen unschuldigen roten Likörs, Likör, wie man ihn nur bei dir, Großmutter, erhielt: Vanille oder sonst etwas Köstliches, und aß etwas von leichtem Backwerk dazu. Und dann lagerten wir Kinder uns auf den breiten Fensterbrettern, überaus behaglich, voll gesicherter Erwartung, einer ruhigen und doch aufgeregten, wollüstig vertrauenden Zuversicht, die man am Weihnachtsabende zum Beispiel nicht in dem Maße hat:

vielmehr ist es am Weihnachtsabend etwas andres, klopfende Unruhe und Bangen webt und schattet, krabbelnde Neugierde. Das war nicht so am Fronleichnamstage bei Großmutter. Man wusste schon, was kommen werde: man kannte es ja. Zuerst kamen die Glocken und dann das Militär und dann die Fahnen und dann die weißgekleideten Mädchen und die vielen Priester und endlich der Baldachin. Man kannte das schon. Der Genuss bestand eben darin, dass man das alles wusste und sicher hatte: es konnte nichts dazwischenkommen. Es war keine Enttäuschung möglich, wie das wohl zu Weihnachten möglich ist: man hat Münchhausen erhofft, und es kommt »nur« Robinson ... Da saßen wir denn oder lagen vielmehr, wohlig ausgestreckt in freundlicher Sonnenwärme, und genossen: genossen erst die Vorbereitung, die Ordner, allerlei sehr wichtig tuende Leute in Bratenröcken und Glanzhüten, mit Schleifen und sonstigen Zeichen der Würde, und das immer wieder von Wachleuten zurückgedrängte, gutmütig nachgiebige Gewimmel der Zuschauermenge, sahen jedermann auf die Füße, auf den Nacken, die Hände: das war alles so seltsam nahe, ganz anders als im Theater, eine Schaustellung, die »natürlich« war, lebendigstes Fleisch, nicht Kostüme, Menschen aus dem Jetzt, ohne Vorbereitung und dennoch so sonderbar wie ein Schauspiel auf erhöhter Bühne. Das Merkwürdigste aber an dem Ganzen war doch die Sonne. Drüben ragten die Türme der Jakobskirche, schimmernd standen die Gebüsche und die Bäume der Glacisanlagen, der gelbe Sand glänzte. Der Himmel beugte sich gleichsam vor, wohlwollend, freundlich, ein Himmel von einem unsäglich lieben Blau. Dazu das Grün auf der Straße, die frohen Menschen, das offene Fenster, die leise streichende Luft, im Zimmer hinter uns die Bewegung der seltenen Versammlung: es war herrlich. Ab und zu kamst du, Großmutter, lehntest dich, die Hände aufgestützt, etwas vor, uns ganz nahe mit deinem guten weichen Gesicht, und sahst, ein wenig blinzelnd, hinaus, wandtest dich wohl auch manchmal ab mit unverkennbarer Missachtung, besonders wenn die »Dienstboten« kamen, wie du sie nanntest, diese für uns so feierlichen weißen Jungfrauen mit den blauen Ordensbändern, die Cäcilienanstalt ... Und nun das große Gebimmel. Etwas mächtig Aufführendes hatte dieser auseinandertönende Zusammenklang der vielen geschwungenen Handglocken. Dazu das Geflatter der Banner und das mit Eichenlaub geschmückte Militär. Endlich, tiefer unten, bereits vom

Schleier des Geheimnisses umwoben, die Salven: die Kommandorufe »Hoch an! Feuer!«, dann das knatternde Geräusch, bei dem wir selig zusammenzuckten. Hierauf der leise schwebende blaue Rauch. Und immer stärker Glocken und Fahnen und Gesang, und nachdrängend die ganze bunte Menge, gelbe, rote, blaue und gestreifte Sonnenschirme, Strohhüte und bellende Hunde … Hochaufatmend rutschte man vom Fensterbrett hinab und kostete noch ein wenig von dem durchsichtigen roten Vanillelikör … Wieder einmal war das Jahr um.

Der Jahrestag

Der erste Jahrestag deines Todes! Ich habe zwei Anzeigen erhalten, eine Todes- und eine Vermählungsnachricht. Beide von Jugendfreunden, Altersgenossen. Der eine wird in einer Woche eine Frau heimführen, der andere hat nach langem, schwerem Leiden die seine verloren. Beide Freunde habe ich seit vielen Jahren nicht gesehen, kaum unterweilen von dem einen oder dem andern Gleichgültiges gehört. Nun sehe ich sie beide vor mir, die voneinander nichts wissen, beide in der warmen gütigen Beleuchtung der Kindheit. Aus blassem Nebel sind sie emporgetaucht und halten still, lassen sich betrachten, und mit seltsamem Ferngefühle schaue ich sie an. Ihr habt einen Teil meiner Wegstrecke in diesem Leben begleitet. Ihr wart, jeder zu seiner Zeit, meine täglichen Gefährten. Und merkwürdig: dass du die Frau verloren, dass du die Frau gefunden hast, kann mir keinen wesentlichen Unterschied bedeuten. Ich sehe eure, meine Kindheit und finde, dass ihr beide hergeben musstet an das Leben, hergeben euer Bestes, euern Zauber. Dass der eine von euch jetzt irgendwo über einem Grabe brütet und es nicht fassen kann, dass er sein Liebstes von sich zu lassen gezwungen ward, von sich zu lassen in das dunkle Reich des Übergangs, – dass der andere die Tage zählt, die ihn von seinem Ziele noch scheiden: es stellt sich mir in eine Reihe, eure Bilder rücken einander immer näher, und ich sehe euch beide unter der Dornenkrone des Lebens, bleich und blutend, mit zuckenden Mundwinkeln, die ihr jung wart, lächelnd und frei wie ich, froh und stark, glückselige Kinder … Nun kommt Bewegung in die Bilder. Da kommst du heran, glücklicher Bräutigam, Schulgenosse. Langsam wandelst du, die Bücher unterm

Arm, die Gasse herauf. Ich luge aus nach dir aus dem Fenster. Deine Erscheinung beruhigt und stärkt mich. Denn du warst mein Uhrzeiger, meine Sicherheit. Wenn du dich langsam heranschobst, war es noch Zeit. Ich holte dich mit meinen schnelleren Schritten bald ein, wenn du, wie zumeist, nicht warten wolltest, ich kam dir nach, ich hing mich in deinen Arm – oder tatest du es? Ich weiß es nicht mehr. Ich weiß auch nicht mehr, was wir täglich gesprochen haben, täglich zwei Mal, Vor- und Nachmittag, wenn wir miteinander zur Schule gingen, ich immer um einen halben oder einen ganzen Schritt voraus, du behäbig, gelassen, ungerührt von dem fürchterlichen Dräuen der weithin sichtbaren Stadtturmuhr, die ein gefährliches Spiel mit Minuten spielte in grausamer Unbewegtheit ...

Und nun nahst du dich, armer Vereinsamter, von dessen Eheglück und Eheleid ich gar nichts weiß, den ich als munter lächelnden Kadetten verlassen habe, meinen Pfad zu beschreiten, der, wie dir der deine, mir der maßgebende dünkte, der, von dem aus sich die Welt abspann, um den herum sie lag und wuchs. Dich sehe ich immer mit blendend weißen Zähnen und taufrischen blauen Augen. Du warst so recht der Inbegriff mutiger, sorgloser Jugend. Und auf dich, auf deine treuen Schultern hat sich so schwer die Hand des Unerforschlichen gelegt! ... Weißt du noch, stummes Bild der Kindheit, weißt du noch, wie wir zusammen gespielt haben? Reben wanden sich an den Wänden des »Zauberschlössels« empor, fernhin zogen die grünen Hügel, die uns Berge dünkten, Sonne glänzte über Rasen und Sand. Und alles lebte mit uns, durch uns. Da war, weil wir es so sahen, ein Blockhaus, einsam auf weiter Prärie, wir die bis an die Zähne bewaffneten Siedler darin. Die Flinten im Anschlag, erwarteten wir die Rothäute. Und da schlichen sie heran, geduckt, lautlos wie Schlangen im Dickicht; wir aber sahen sie, wir hoben die Büchsen an die Wange, wir hatten ein ruhiges Männerherz und eine stete Hand, wir zielten und trafen. Wir wiesen sie alle fort, die listigen Angreifer; der Dampf unserer Büchsen verzog sich in der klaren Luft, und wir sammelten ihre blinkenden Beile und hängten sie in die Waffenkammer. Und dann setzten wir uns mit den Frauen zum Mahle: Bärenschinken gab's, duftenden, und dazu tranken wir den dunkel glutenden südlichen Wein. Dann standen wir auf dem Ausschau und blickten ins Land, die Pfeife zwischen den Zähnen, und weithin dehnte sich die Steppe, hinter der rotglühend die Sonne unterging … Dass da unten, kaum dreißig Schritte weit, ein Haus stand, ein neumodisches Wohnhaus, die Villa des Onkels, mit bleiernen Dacheinfassungen und dem friedlichen Rauch ihrer Küchenschlote, das konnte uns nicht irremachen … Und weißt du, armer Verlassener, der du dumpf über dem Rätsel des Grabes brütest, dass der Onkel von damals, heut ein längst verstummter Greis mit schlichtem weißen Haupthaar, seit Wochen und Wochen mit jenem ringt, der dein Liebstes dir schweigend entführt hat? Weißt du, dass unsre Blockhütte, weinumrankt wie einst, wie vor hundert Jahren, still mit ihren verlassenen Veranden niederschaut auf das neumodische Wohnhaus, das recht altmodisch geworden ist mit der Zeit, das Haus, in dem ein Sterbender auf den Wogen wüster schaukelnder Träume in das Land seiner eigenen Kindheit schifft, die um achtzig Jahre zurückliegt?

Noch wandern die grünen Hügel weit ins Land, noch schallt der gedehnte Klang von widerhallenden Schüssen aus der Schießstätte herüber, noch reihen sich im Weingarten die Fruchtspaliere, noch füllt am angesteckten gekrümmten Eisenrohre der Gärtner – ein andrer freilich als damals, vor hundert Jahren – Wasser in die blechernen Gießkannen, um es im versiegenden Brande der abendlichen Sonne zu den Beeten zu tragen: aber das alles ist alt geworden und fürchterlich einsam … Eine Nacht ersteht vor mir, eine Zaubernacht; da flammten von unserm Blockhaus bengalische Lichter hinab zum geräumigen Vorplatze, wo an weiß gedeckter Tafel die fröhlichen Gäste saßen. Wer lebt von ihnen noch? Rüstige Männer mit starken Stimmen sind von uns gegangen: er, der kleine behagliche Großonkel mit dem ewigen Zigarrenröhrchen aus Nussbaum unter den andern. Denkst du noch seiner? Weißt du noch, wie er uns Buben mit dem Wohnungsschlüssel, den er immer bei sich trug, auf die Köpfe klopfte –, wir liebten das Scherzspiel nicht sonderlich, hielten aber still aus Respekt und murrten nur hinterrücks …? Weißt du noch, wie er durch das Prisma die Sonne spielen ließ in seinem geheiligten Hinterzimmer mit dem großen schweren Schranke, bei dessen Eröffnung wir manchmal voller Neugier zugegen waren? Was barg alles dieser mächtige Schrank, dessen oberste Lade er mit Besitzersicherheit schütternd herauszog! Wir stellten uns auf die Zehenspitzen, um hineinzusehen, auch teilzunehmen an den Wundern seines Inhaltes:

Zündhölzchenschachteln, allerlei Messern, Zigaretten und den unvermeidlichen braunen Hustenbonbons, die er uns zuweilen – es war eine seltene Auszeichnung – herausreichte ... Kindheit! Und wie ist es gekommen, dass du heute eine Frau beweinst, mit der du Jahre der Ehe gelebt hast, fern von mir, einer vom andern nichts wissend, jeder ein eingefriedetes Leben von andrer Färbung? Sag, wie ist das alles gekommen? Wir haben Kinder, wir sind Männer der Pflicht geworden, einer fremden Pflicht, die wir übernommen haben, weil es so sein musste, sie hat uns nicht lange gefragt, ob wir zu ihr nähere Beziehungen halten wollten, wir sind Männer geworden, und durch die Gassen der Städte, die wir bewohnen, donnern Fuhrwerke und werfen die elektrischen Lampen ihren Lichtschein, Menschen, Menschen wogen um uns von früh bis spät: wir haben eine gemeinsame Kindheit besessen! Ist es denn menschenmöglich? ...

Der andre, der Bräutigam, hat stillgehalten, während ich mit dir Zwiesprache pflegte in halben Worten, hinter denen so viele ungebrochene, aber verwischte Empfindungen liegen ... Der andre. Ich seh ihn noch den Franz Moor deklamieren – er war sicherlich der Schauspieler unter uns, er hatte für uns das Genialische des Schauspielers, seine Leidenschaft war hinreißend, wir andern Schulknaben wenigstens ließen uns von ihr tragen und bewunderten ihre Existenz wie eine Naturmacht, wie den Blitz oder das in den Rinnsalen stürmende Regenwasser. Wen er als Braut in einer Woche in sein Haus führen wird, weiß ich nicht. Er hat sein Leben anderswo angeknüpft; wir sind auseinandergeglitten in vielen, vielen Jahren. Auch wir hatten eine Kindheit gemeinsam! Ist es denn menschenmöglich? ...

Und heute habe ich selbst meine Kindheit besucht, ein scheuer Fremdling. Meinen Buben an der Hand, bin ich im Prater gewesen, im richtigsten Prater, im »Wurstelprater«, von dem ich ihm so oft schon erzählt hatte. Mit großen Augen hat er alles in sich getrunken, was sich ihm bot an Herrlichkeiten: die Ringelspiele, die Berg- und Talbahn, die Karussells mit »lebendigen« Pferden, die Schießbuden. Ich habe getreulich alles mit ihm durchgemacht. Aber wie alt bin ich geworden! Nichts hat mich erfreut, alles hat mich abgestoßen. Ich habe gefunden, dass die Vergnügungen des Volkes, diese gerühmten Vergnügungen des Wieners, roh sind bis ins innerste Mark. Ich habe es wie eine Schändung meines kleinen Buben empfunden, dass ich ihn mitgenommen hatte in den Staub, den Schmutz, den üblen Geruch, den Lärm dieser Lustbarkeiten; dass ich ihm nicht verwehrte, sich auf die Schaukel zu setzen, die an klirrenden Ketten hängt und sich mit andern um eine Säule bewegt in wildem Schwung, unter dem donnernden Getöse der barbarischen Musik einer mächtigen Drehorgel; dass er, mein Liebstes, zwischen halbwüchsigen Dirnen saß, die sich wütend hin und her warfen in einem sinnlichen Rausch ihrer gewaltsam bewegten Körper … Ich habe mich mit ihm auf gewundene elektrische »Lindwurmeisenbahnen« begeben, die in Höhlen aus geleimter Pappe führten, an Wachsfigurenwundern vorüber, die mir seltsam roh schienen, Schrecknisse der Nerven, unsäglich plumpe Darstellungen, berechnet auf eine klobige Fantasie von Halbtieren. So hab ich meine eigenen Schatten besucht. Denn es hat doch auch für mich einen Tag gegeben, da dies alles mir neu und wunderbar schien, da ich die Ausdünstung der Tausende von Menschen nicht roch, die unzähligen Biergärten mit den schmutzigen Tischen und dem kreischenden Geräusch der Fiedeln nicht mit der Seele floh; einen Tag, da ich nicht sah, dass die armen Pferde, auf deren geduldigen Rücken um zwanzig Heller jedermann für eine Weile sich der Einbildung hingeben darf, einen Reiter vorzustellen, von Tierquälern geschundene, Mitleid anflehende elende Geschöpfe seien; dass die Riesen und Zwerge, »der größte und der kleinste Mann der Welt«, von Schmutz starrende, abstoßende Bettler waren, aus deren ekler Nähe ich mich tausend Meilen hinweg wünschte … Heute sage ich mir immer nur: wie hässlich ist der Mensch, wie erbärmlich, wie gemein, wie verbrecherisch! Und mein Herz krampft sich zusammen über all die Unbill, die der Mensch der »vernunftlosen« Natur zufügt … Ich flüchte mich in Gedanken in den Frieden des Kirchhofs, wo du seit einem Jahre liegst, Großmutter. Auch dort hat der Mensch die Male seiner heillosen Wirtschaft hinterlassen, seine Schande getürmt. Und die Menge, die vor mir wandelt, ist gekleidet in die bunten Fetzen einer kulturverwaisten Tracht. Aber der Tod adelt alles. Hier ist sein Reich. Sein Hauch umweht die verwahrlosten, verwachsenen Grabstellen wie die hochaufragenden, mit Wappen und Inschriften gezierten Obelisken. Sein kühler, stummer Hauch weht um mein heißes, müdes Herz … Hierher führ ich im Geiste meinen Buben, dass er an meiner Hand, der Hand, die ihn liebt, den stummen Hauch des Todes fühle, der veredelt …

War es unehrerbietig, liebe Großmutter, dass ich heute, an dem Sonntage, da du vor einem Jahre mit dem feindlichen Freunde der Menschen rangst, meinen Buben auf der Rutschbahn fahren ließ und selbst neben ihm saß? War es pietätlos? Sag. Ich sehe dich deinen lieben, stillen Kopf schütteln. Was das Leben von einem will, ist nicht mit Urteil zu messen. Das Leben ist nur die andre Seite des Todes, die bunte, warme des kühlen, grauen. »Siehst du es nicht selbst«, sagst du, Großmutter, »siehst du es nicht selbst, mein Liebling, den ich nimmermehr sehen werde, dass du heut eine Trauungs- und eine Todesanzeige erhalten hast? Zwei Jugendfreunde. Sie haben beide ein Stück der Kindheit mit dir gemeinsam. Wer einigt euch, da euch das Leben zerstreute, voneinander riss und auf getrennte Wege schleuderte? Er, den ich jetzt erkenne, der Tod. Und höre noch einmal, was er meinem Ahnen zur Gewissheit werden ließ: das Leben mit seinen Rutschbahnen und Ringelspielen hat von ihm Gewalt ...«

Von wilden Tieren und Menschen

Hast du einmal in einer Menagerie, einer der kleinen Menagerien, die mit grüngestrichnen Wagenhäusern durch die Provinzen ziehen – so ein Wagenhaus ist auch das »Familienheim«, ein verrenkter Blechschlot und Fenster, merkwürdig wie die Fenster von Theaterkulissen, zeichnen es aus –, hast du einmal in so einer kleinen Menagerie vor dem Käfig der Löwin oder des Eisbären gestanden, und ist dir da plötzlich klar geworden, dass hier nicht »die« Löwin oder »der« Eisbär hinterm Gitter hocke oder lauere oder liege oder ruhlos gleitend wandere, »die« Löwin oder »der« Eisbär, die du schon dreißigmal gesehen hast in deinem dreißig oder vierzig Jahre währenden Leben, sondern ein Tierindividuum, ein Löwe, ein Bär, eingefangen mit List oder Gewalt und jetzt in einem schmutzigen Kasten auf Rädern geborgen, ein Tier, das frei war, wie nur Tiere frei sein können, frei, bloß vom leicht, mindestens nicht allzu schwierig zu stillenden Hunger getrieben, ein Tier, stark, wie es kein Mensch sein kann, schön, wie kein Mensch je sein wird, elegant, wie nie ein Mensch zu sein sich erträumt hat, ungebärdig, riesenhaft, gefährlich, fremdartig, unheimlich: tausendmal anders als dein elendiger Tag? Hast du jemals schon so empfunden?

Und schmierige Kinder und gemeine »Direktoren«, stumpfsinnige Taglöhner-Wärter und redselig-steife Erklärerinnen mit spanischen Röhrchen stehen oder gehen herum, schneuzen sich in die Hand, spucken aus, tragen zu kurze Beinkleider und den abgegriffenen, verschossenen, zerdrückten Filzhut schief aus der Stirn gerückt, tragen Broschen aus Blech mit »Granaten« oder einem »Gruß aus Zell am See«, zierlich geschnörkelt wie vom Zuckerbäcker, aus Achatstein; durch den mit der Ausdünstung von Affen und Bären, Windelkindern und Latrinen erfüllten dumpftrüben Raum schleicht ein fahlgelbes Abendsonnenlicht, und irgendwo hinter einem zerschlissenen Vorhange dampft und stinkt eine Petroleumlampe. Hast du, Aug in Auge mit der Löwin, plötzlich empfunden, dass dieses majestätische Tier dir so fern ist wie ein Gestirn, dass diese Augen, die mit glutenden Kreisen in dich hineinstarren, über dich weg in die Ewigkeit schauen, in das Zeit- und Grenzenlose der vom Menschen noch nicht geschändeten Welt Gottes, des Unbegreiflichen? Du stehst vor dem Käfig, hast vielleicht noch einen Moment vorher, mit einem leisen Rieselschauer den Rücken entlang, daran gedacht, dass er nicht allzu sicher verschlossen, dass seine verrosteten Eisenstäbe brüchig geworden sein könnten, du fasstest die Hand deines fünfjährigen Buben fester, der, den Steirerhut auf den langen, braunen, schlicht gekämmten Haaren, mit glänzenden Blicken, eng an dich gedrängt, an dem prachtvollen Körper dieser dir seit Jahren bekannten »Löwin« haftete und hing; du hattest vielleicht eben in die Tasche gegriffen, der Direktrice oder wer sonst vom »Personal« vor dir stand, das von den geehrten Anwesenden mit der gewohnheitsgemäß erhöhten Stimme eingemahnte »Extradouceur« zu verabreichen, links hinter dir wusstest du einen Mann im gelben Überrock mit ausgefranstem Kragen, du hattest auf seine Schuhe geblickt und angewidert Zugstiefeletten mit grau gewordenen Gummizügen gesehen –: plötzlich war diese Löwin, die du seit dreißig Jahren in Menagerien auf Jahrmärkten der Vaterstadt oder in Weltstädten auf deinen Reisen gleichgültig zu betrachten gewohnt warst, etwas Unbekanntes geworden, etwas Unheimliches, Ergreifendes, etwas aus der Urzeit aller Kreatur, etwas vom dritten Schöpfungstage … Sie hatte sich an die Gitterstangen herangedrängt, ihre mächtigen Pfoten schoben sich langsam zwischen den Stäben hindurch, ihre breite Stirne presste sich an das verbogene Eisen; hinten im Käfig war es dunkel, dort lag vielleicht ein Junges oder auch nur ein alter Fetzen, eine Kotze; ein Knochen leuchtete auf, schwach schimmernd – dein Auge aber kam nicht mehr los, auf Ewigkeitsminuten kam es nicht los von dem Riesenauge der Löwin, deine Seele schwang die Flügel in Todesangst und Todesvertrautheit –, da hörtest du auf einmal die Stimme deines kleinen Knaben: »Du, Papa, sag, ist der Löwe *sehr* bös?« Freundlich lächelnd, aber wie aus Wolken, beugtest du dich zu deinem Buben hinunter, die erklärende Direktrice oder was das Weibsbild vor dir da sonst etwa war, lächelte auch verbindlich – du hattest ja noch die Hand in der Tasche wie vor jener Ewigkeitsminute, wie vor tausend Jahren … –, dann schrittest du an dem Käfig vorüber und hieltest vor dem Mantelpavian, der mit hochgezogenen Beinen wie ein nachdenklicher Professor oder sonst ein höheres Wesen auf dem ungescheuerten Boden seiner Zelle saß und die kauenden Backen bewegte …

Mensch, was hast du mit der Schöpfung Gottes gemacht! Feierlich hängen Wandtafeln in den Schulen, und mit dicken Lettern steht unter jedem darauf dargestellten Tiere gedruckt, was und woher es sei, deutsch und lateinisch steht es gedruckt, denn die Kinder müssen das alles wissen und sollen das alles auch gerne wissen, und in den Glaskasten, die in den höheren Klassen vor den inneren Fenstern auf großen Haken aufgehängt sind, stehen sie wiederum ausgestopft, die Affen und Fledermäuse und Silberfasane. Aber es ist doch eine erbärmliche, klägliche jammernswürdige Sache um das Wissen, das mit solchen Mitteln arbeitet. Selige, von der Wüste glühende Freiheit, in der hoch oben im flimmernden Grau die Adler ihre seit Äonen ihnen gewiesenen Kreise ziehen, Freiheit der vom Menschen unversehrten Einsamkeiten des Tierreiches, wie hätte er es jemals wagen dürfen, dich zu entweihen! Auf grünen Wagenhäusern zieht die Menagerie durch die Provinzen. Und für zwanzig Heller kann der Schusterbub den Löwen und den Eisbären durch duckende Bewegungen und Vor- und Rückwärtsspringen reizen! Der Maurermeister Zatlavil aber, der den Kasuar noch nicht gesehen hat, zeigt ihn am Sonntagnachmittag, eh er sich zum Bier niedersetzt nebenan im tellerklirrenden Gasthausgarten, seiner mit der goldenen Uhrkette behängten Ehehälfte, die sich die schwitzende Oberlippe trocknet, und sagt: »Schau einmal an, Rosalia, das is a Kasuar, hast schon so was g'sehn!« Der Mensch, dieser letzte Trumpf Gottes nach der vom Menschen zurecht gemachten

Mythe von der Entstehung der Welt, der Mensch, wäre er wirklich mehr als der Kasuar, mehr als der Lippenbär, mehr als das Stachelschwein? – Ein Dichter stand vor dem Käfig der Löwin. Seine Wangen waren eingesunken, eingesunken seine flache Brust, niemals hatten seine kraftlosen Arme sich zu ihrer eigenen stärkenden Lust bewegt, niemals seine verkrümmten Fußzehen sich angespannt in trotziger Kampfauslage. Um seinen abgezehrten Hals wand sich ein an den Ecken von Fingergriffen fast geschwärzter Hemdkragen, seine gelben Hände mit den dicken Knoten der Fingerglieder lagen krampfhaft übereinander hinter dem gebeugten Rücken. Aber in seinen tiefen von tausend Fältchen umtänzelten Augen träumte die Seele des Weltschöpfers. Und ihm gegenüber stand schlank und sicher auf allen vier federnden Beinen das wundervolle Raubtier, stand, und leise erglänzten, eine nach der andern, die unzähligen kleinen Flächen seines prächtigen Felles. Und in seinen großen, purpurdunklen Augen träumte die Seele des Weltschöpfers ...

Neulich in einer kleinen Provinzstadt ward ich aufgefordert, mitzuhalten bei dem Besuche der Negertruppe. Wo ist die Negertruppe? »Hinterm Garten, oben auf dem Exerzierplatze. Wir gehen alle; komm mit.« Seit Jahren war ich nicht in solchen Buden gewesen. Und wieder dachte ich mit Grauen an die Albinofrau und die Flohdame, die ich als Kind gesehen hatte: ein unauslöschlicher Ekel vor solchen geheimnisvollen Marktkabinetten ist mir geblieben. Die Flohdame war mit einem schwarzen Samtkleide angetan gewesen, das ihren fleischigen Busen sehen ließ, was auf den Knaben einen unbeschreiblich widerlichen Eindruck machte. Sie hatte bloße Arme, dick wie Baumstämme, die unter dem weißen Puder von Schweiß glänzten. Sie ließ die Flöhe »arbeiten« und speiste sie aus diesen dicken Armen, die wie Säulen waren, lebendige, schwerfällige Säulen, die sich schwitzend hin und her schoben: mir verging der Atem vor Abscheu. Und dazu roch's so entsetzlich in der engen niedrigen Bude, es brannten zwei Gasflammen, und ein verstaubter Spiegel, über dem eine rote Plüschdraperie hing, fing die Hitze der Flammen auf und schwitzte auch. Nicht so deutlich ist die Erinnerung an die Albinodame, die langsam mit einem fremden Tonfalle sprach und mir die Vorstellung von geronnener Milch erregte. Noch einmal war ich als Kind widerstrebend Zeuge einer solchen durch Gegenstand, Umgebung und Beleuchtung gleich widerlichen

Darstellung: die Dame ohne Unterleib, eine vor zwanzig Jahren beliebte Anziehungsnummer: auch ein Kabinett mit Spiegeln, mit Plüsch und Gasflammen-, Staub- und Moderduft, und eine rot geschminkte Person auf einem Tische, von der Hüfte abwärts unsichtbar, scheinbar vom Rumpfe getrennt der lebende Oberkörper, in tief ausgeschnittener, granatroter Taille, mit kurzen Spitzen, grobe Maschinenarbeit, besäumt ... Und heute sollte ich zu den Negern. Ich setzte meinen Hut auf, zog die Handschuhe an und folgte der heitern Gesellschaft. Es war schon dunkel – ein Spätherbstabend –, als wir hinkamen. Die üblichen Ehrenbezeigungen vor wohlgekleideten, zahlungsfähigen Menschen spielten sich programmäßig ab: Leierwerktusch, Verbeugungen, Ankündigung einer »eignen« Vorstellung. Man stolperte ein paar Stufen hinauf und an einer hinter Glas um einen Baumast sich windenden, ausgestopften Schlange vorbei ein paar Stufen hinunter in das Innere der mit Plachen eingedeckten, rot ausgeschlagenen fliegenden Hütte. Die Vorstellung nahm ihren Anfang. Der Manager trat vor, ein unrasierter, blonder, junger Mensch mit stachelig nach aufwärts gewachsenem Haar, in schäbigem Straßenanzuge, verneigte sich, die Hände vorm Leibe, begann ... Dann kamen, einer nach dem andern, die drei »Mohren«, drei Angehörige verschiedener Neger- und Insulanerstämme. Sie beteten ihre Gebete, sie tanzten ihre Kriegstänze, sie schossen mit dem Bogen nach der Scheibe – einem Brette –, sie fraßen Feuer, und einer von ihnen, ein muskulöser, nobler Mann von einigen Vierzig, bestrich sich mit der glühenden Eisenstange die ambrabraunen Arme, dass sich hinter dem blitzschnell darüberhingleitenden Stabe die Haut verrunzelnd, wie Wasser unter einer leisen Brise wellend, faltete. – Meine Gesellschaft lachte, man rief einander aufmunternde Scherze, mutwillige Anspielungen zu, die jungen Mädchen kicherten und warfen den Kopf zurück, die Kinder starrten mit aufgerissenen Augen und Mündern ... Ich stand im Hintergrunde. Mich widerte das Lachen an, ich fand die Scherze empörend, ich hatte einen Hass in mir gegen die Gemeinheit dieser übertriebenen Lustigkeit. Aber eine tiefe Melancholie ließ den Hass nicht heranwachsen, hielt ihn in schnürenden Ketten. Ich sah diese braunen Menschen an, die ihre uralten Gebete, zum Boden hingestürzt auf das Antlitz, grell und eintönig vor sich hinschrien, ich sah sie die schlanken geschmeidigen Glieder heben zum Tanz ihrer Heimat, ich sah sie mit dem muskelharten Arme die Sehne straffen am hohen Bogen, und ich dachte plötzlich: Wenn der jetzt den langen Pfeil in die Menge schösse! ... Ich würde entsetzt zurückprallen wie die andern. Aber könnte ich ihm's verdenken? – Er wird ihn nicht in die Menge schießen, den langen gefiederten, vergifteten Pfeil – sieh, er stellt den Bogen hin, der Impresario nimmt ihn auf, reicht ihm einen Teller dafür, einen irdenen Teller, Fabrikware, weiß mit zwei grünen Randstreifen, und der braune Mensch steigt mit hochgezogenen Schultern hinab und sammelt grinsend seinen Bettel ein. Es fällt ihm nicht ein, ins Publikum zu schießen. Er schläft mit dem Manager in einem Raum, heute wie täglich mit diesem, in drei Monaten mit einem andern, er betet die Gebete seiner Heimat vor mährischen und ostelbischen Rübenbauern, vor hanseatischen Schiffern und italienischen Winzern. Der, der Feuer schluckt, schluckt täglich zwanzigmal Feuer, der mit dem Schellenbecken den Tanz der andern begleitet, einst war er ihnen so fremd wie er selbst dem mährischen Rübenbauer: er kam von einer Insel des Stillen Ozeans, jene, der eine vom Kap der Guten Hoffnung, der andre aus Feuerland, heut sind sie Kameraden, sie haben sich auf gewisse Tricks geeinigt, sie radebrechen alle dasselbe Englisch-Französisch und essen deutsche Klöße zusammen wie Polenta oder Hafergrütze, trinken Bier und Schnaps und Kaffee, was es eben gibt, und greifen scherzend wohl geschmeichelt-entsetzten Dorfmädchen ans Mieder oder unters Kinn. »Wilde!« Und unten, drei Schritte weit und einen halben Meter tiefer, sitzen die »Kultivierten« und machen alberne Witze, wenn der Feuerländer für zwanzig Heller vor ihnen und den scheu ein paar Schritte hinter den Sitzreihen zusammengedrängten Arbeitern ihrer Werkstätten die uralten Gebete seiner urwaldmächtigen, geheimnisvollen Heimat singt, wenn der weißbärtige Herero, die Federkrone auf dem ernsten Haupt, aus den warmen Betten der plumpen Kiste die Klapperschlange hebt und mit Hilfe des unrasierten Jünglings im schäbigen Straßenanzuge diesen gleißenden feuchten, sich windenden Leib hochhält, also dass die Schlange mit ihrem wundervollen Königinnenköpfchen leise züngelnd über den gescharten Hörern zu schweben scheint, wenn man die Augen blinzelnd schließt ... Wilde Tiere und wilde Menschen. Wie haben wir euch gesegnet mit unsren »Errungenschaften«! Wilde, wir haben euch zahm gemacht und – uns ähnlich: ihr wisst, wilde Menschen, die ihr »gezähmte« seid, dass man für zehn Heller eine dicke Wurst kaufen kann und für vierzehn eine Flasche Abzugbier, ihr fühlt, wilde Tiere, dass es sich unter rotgestreiften baumwollenen Federbetten warm und dumpf schlafen lässt ... An meinem Ohr ertönt das tosende Brausen eines südlichen Stromes. Breite Wasser wälzt er donnernd in unabsehbare Fernen. Riesenstämme, von Lianen umschlungen, begleiten ihn. In einem Kanoe aber, das Schaufelruder behände bald rechts, bald links eintauchend, gleitet ein brauner nackter Mensch den reißenden Strom hinab. Und aus dem Dickicht schallt der Trompetenruf des wilden Elefanten ...

Von der Heimat des Toten

Wieder einmal bin ich in der Heimat gewesen. Wieder einmal hab ich dem Friedhof einen Besuch abgestattet. Wieder einmal haben wir ein Stück Kindheit zum Grabe getragen. Es ist der letzte »Alte«, Großmutter, den sie, die Füße voran, an einem kalten Herbsttag aus seinem Hause schleppten, über die hohe düstere Treppe hinab, durch unser schweigendes Spalier. Und wieder einmal war es das kleine Badezimmer bei Mama, aus dem sie mich holten, mich, den Lebendigen, im warmen Wasser wohlig Schwelgenden: »Beeile dich, sie kommen schon um den Onkel!« In den Zimmern, die, finster, nach der Hofseite gelegen, so sehr die »seinen« gewesen waren, wie nur je eines Menschen Zimmer »seines« ist, in den zwei Zimmern, an die sich dann die hellen vorderen anschlossen, »unsere« Zimmer, wo die Tante, die immer gütige, gelassene, uns Kinder so oft empfangen hat, in den zwei Zimmern des Toten lagen Kränze um Kränze. Die Fenster standen offen. Wir harrten entblößten Hauptes. Über all diesen ehrfürchtig gebückten Gestalten floss des Todes feierlicher Schatten. Und wie eine majestätische Schleppe schleifte der Schatten des Todes hinter ihm her, den man aus »seinen« Zimmern trug, die Füße voran. Es war bitter kalt ... »Seine« Zimmer! Vor wenigen Stunden noch, am Tage vorher, bin ich in seinem eigensten, dem innersten Zimmer gestanden, an dem Sarge, der nun den schweigenden Insassen beherbergte. Still brannten auf den hohen Leuchtern die hohen Kerzen. Das ganze Gemach war schwarz ausgeschlagen. Nichts sah man von dem schlichten Hausrate des Hausherrn, der hier, ein Toter, ein Fremder, lag. Ich blickte in seine Züge: friedevoll waren sie, still. Mir aber war es plötzlich, als begriffe ich diese unsägliche tiefe Stille des Toten. Er war ja schon so fern, so weltenfern. Ist denn dieses Leben eines Menschen Heimat? Sind es denn »seine« Zimmer, in denen der Mensch »zu Hause« ist? Ich begriff die Stille des Toten, die wir »Frieden« nennen. Ferne ist sie, unerhörte Ferne. Mit dem Sausen des Wolkensturmwindes verlässt die Seele die Fremde, die wir die Heimat nennen. Fremd, fremd ist der Mensch in der Welt des Menschen. In die Heimat flieht er, wenn wir ihn sterben sehen, adlergleich, windgleich, blitzgleich. Mit der rasenden Schnelligkeit des lautlosen Blitzes flieht er – und schon ist er Jahrbillionen fern von uns. Es gibt kein Wiedersehen. Aber die Seele lebt, sie lebt auf, wenn sie uns stirbt, lebendig stürmt sie voll heißer Sehnsucht in die Heimat. Deshalb diese unsägliche Stille des Toten. Eine verlassene, eine seit Jahrbillionen verlassene, langsam in sich selbst zerfallende Wanderhülle liegt dort im Sarge, etwas, das uns nur an Gewesenes erinnert, nicht mehr ist. Wer dem Toten ganz nahe war, ganz nahe, so nahe, wie immer nur zwei Menschen einander sein können, der empfindet diese schreckliche Vereinsamung nicht. Ihn knüpft noch die Verzweiflung, die ungläubige, die hadernde Verzweiflung an den Toten. Die Seele, die in die Heimat geflohen ist aus der Fremde der Menschenwelt, die Seele hat für den einen, den einzigen Nahen noch zu viel Bestand in diesem unglaubwürdigen herzaushöhlenden Schmerz. Wir andern aber, die wir um zehn, um fünf, um zwei Schritte weiter stehen (nicht die, die hundert und tausend Schritte weiter stehen: diesen ist der Tote ein leeres Gepränge oder ein peinlicher Schauer), wir andern, wir fühlen die Ferne, die entsetzliche Ferne nach dieser rasenden Flucht des Toten. – –

Ich hab am Sarge gestanden und habe die friedevollen Züge mit inniger Wehmut betrachtet. Was in mir heraufstieg, mit dem schmerzlich leisen Dufte des ewig Verlorenen, war die Kindheit, die Kindheit mit den zarten Farben der Trauer um diesen einen: ein ganz persönliches Gefühl, ein Gefühl, das nicht teilhat an jenem namenlosen Schmerze des einen, der ihm nahe gewesen ist, des einzigen. Aber sonst sah ich die unendliche Öde, die zwischen mir hier im Leben und jenem dort im Tode lag, die Öde der verlassenen, der lautlos durchrasten Strecke, der Flucht in die Heimat der Seele. Und dann kamen andre, menschlichere Gedanken: die Gedanken kehrten zurück aus der eisigen Öde der im Dunkel des Todes erlöschenden Strecke, sie sagten allerlei Bedenkliches: dass man immer so grässlich schwere und verzierte Särge herstelle, da man ja doch nach einer Weile die zerfallenden Reste dieser Leiblichkeit entfernen wird aus dem rostzerfressenen Bleigehäuse; warum man denn nicht schmale, dunkle, hölzerne Kasten wähle, die der Erde die Erde nicht so lange vorenthielten; scheint's mir doch menschlicher, vertrauter, dass der Leichnam der Erde näher wohne, nicht künstlich abgeschlossen von ihr, seiner Mutter – auf eine Weile. Und nun begannen die Gedanken wieder ihren niedrigen Fledermausflug um den Toten. Und es stieg von Neuem ein Hauch von Einsamkeit herauf und verhüllte das bleiche Licht der Kerzen … In »deinem« Zimmer liegst du! Da war es, als ob der Tote mit irgendeinem sehr feinen, unhörbaren, unsichtbaren Etwas, das wie ein Lächeln war oder ein Traurigsein, wie erfrorne Wehmut, die nicht bitter und nicht milde und nicht gütig, nicht nahe ist, sondern kühl, fremd sagte: »Mein« Zimmer! Niemals ist es mein Zimmer gewesen. Was heißt das: mein Zimmer? »Mein« Tisch, »meine« Lampe, »mein« Kasten, »mein« Sessel, »mein« Hund, »mein« Haus, »meine« Frau? Was heißt das? Ich verstehe das nicht. Ich bin jemandes. Aber ist, war je etwas mein? Im Leben? Im Traume des Daseins? Auf der Erde? Unterm Himmel? In Sonne und Wind, bei Schnee und in Frühlingsabendröten? Ich weiß nicht, was ihr meint. Ich weiß gar nichts davon. Nichts ist mein gewesen, am wenigsten dieses Zimmer, dieses Haus, diese Frau … Ich bin Gottes, ich bin des Todes, aber nicht erst seit vorgestern. Was stellt ihr Kerzen um mich herum? Was habt ihr doch für seltsame Gebräuche! Ich habe kein Teil daran … Und die Einsamkeit um den Toten schien wie ein Tempel ins Ungeheure zu wachsen. Ich erschauerte … Und als ich ihn dann wiederfand, ihn, der nun im verschlossenen Sarge lag, noch einmal, zum letzten Mal in »seinem« Zimmer, und als ich ihn später, noch einmal fand, aufgebahrt unter neuen Kerzen und umlagert von Blumen und Blumen, in der Kirche, als wir Platz genommen hatten nach der Ordnung, die zu solchen Feierlichkeiten vorgeschrieben ist, als der Prediger, ein junger Mann mit eingedrehten Schnurrbartspitzen, die Kanzel bestieg, sein gescheiteltes Haupt neigte und dann den üblichen blutlosen Sermon abspann: wie fern war der Tote da schon, der angeblich dort im Sarge lag! Es war schon gar nicht mehr wahr, dass er jemals dagewesen war … Viele Leute drängten sich in der Kirche, viele Leute saßen mit nach rechts oder nach links oder nach vorn gesenkten, gelichteten und vollen, blonden, braunen, schwarzen und weißen Haaren in den Bankreihen, viele Leute warteten hierauf unter dem Torgesimse auf die vom Leichenbestattungsunternehmer eingeteilten Fuhrwerke, viele Leute fuhren plaudernd oder schweigend, zu zweit oder zu viert, mit eingebügelten Hosenfalten oder mit vorstehenden Kniebauschen, mit altmodischen und mit neumodischen Zylindern, mit Schirmen und ohne Schirme, hinaus zum Friedhof über die von den verschiedenartigsten Fußgängern und Wagen belebte holprige Vorstadtstraße, viele Leute stauten sich um das aufgeworfene Grab – man hatte alle, auch die Unberufenen, abgewartet, ehe sich der vom Leichenbestattungsherold befehligte Zug in Bewegung setzte –, wieder begann der junge Prediger für die, die etwa daran Gefallen haben mochten, Worte zu sprechen, manchmal fiel leise raschelnd ein Blatt herab; dann traten die vielen Leute einzeln an den Grabrand hinan, ergriffen mit der behandschuhten oder der nackten Hand die von einem Bediensteten dargereichte Schaufel und warfen, sich dabei immerhin mit einigem Selbstgefühl beobachtend, je ein bis drei Schaufelviertel Erde hinunter in die hohl widerhallende Grube; es dunkelte, die Damen hoben die Röcke höher, die Männer steckten die Hände in die Taschen, – und dann war es vorüber. Man saß wieder in den beigestellten Wagen, rückte gemächlich auseinander, und der und jener begann die und jene Kultuseinrichtung zu kritisieren. Es dunkelte zusehends … Wo warst du indessen, fremder ferner Toter? In »deinen« Zimmern standen die Fenster offen, und eine Stunde nach dem Eintreffen der näheren Trauergäste erschienen soundso viele halbwüchsige Burschen, das Glockenläutetrinkgeld einzuholen … In »deinen« noch immer schwarzverhüllten Zimmern aber starrt die fürchterliche Leere. Der Schlüssel steckt im Schloss. Es duftet nach Rosen, Kerzen und Verwesung. Hinter der vom Tapezierer gerafften Wandbespannung kracht eine Holzleiste, rieselt vielleicht der Kalk. Und die Uhr tickt wie immer …

Der Sonntag

In unsrer Familie sterben sie alle an Sonntagen. Es gibt Menschen, die an Sonntagen sterben, und andre, die an irgendeinem Tage der Woche, es kann auch ein Sonntag sein, sterben. Das ist ein großer Unterschied. Die »andern« verstehn das nicht. Das sind Blutgeheimnisse, schmerzlich-süße, wundervoll-schaurige. Auch du, Großmutter, bist an einem Sonntag gestorben, einem ganz jungen Tage, er war noch keine vier Stunden alt, aber er rang sich schwer aus dem Schoße der Nacht und kämpfte mit dir in seiner erstarkenden Kraft und hat dich endlich besiegt ... Dann ward es still, und der Sonntag breitete sich aus wie eine glänzende Starrheit: Er hatte nichts mehr zu tun ... Alle sterben sie an Sonntagen bei uns. Als ich das zum ersten Mal erfuhr, an einem Beispiel inne ward, schauderte mir, und seither hab ich vor dem Sonntag immer ein leises Grauen. Die »andern« verstehen das nicht ... Es ist auch sicherlich kein Tag so traurig wie der Sonntag. Das macht, er ist ein sterbender Tag. An keinem andern Tage kann man das so erleben. Mächtig setzt er ein, Glocken geleiten, Sonne umglänzt ihn. Er verheißt Ruhe, Stille, Sammlung. Und man kann es nicht leugnen: majestätisch steigt er die Stufen empor, die zur Mittagshöhe führen, dann aber bereitet er sich zum Tode vor. Es gibt keine Melancholie, die der der Sonntagnachmittage gleichkäme. Ob man aus einem Fenster auf die schweigenden Pflastersteine einer kleinen oder einer großen Stadt hinabsieht, ob man von einem Berge auf die langsam sich verschattende Ruhe der Felder schaut: es ist dasselbe. Alle Dorfalleen, alle Promenadenspaliere führen ihn, einen Taumelnden, zum Tode. Und der Montag ist der Tag der stumpfen, leeren Unterwürfigkeit. Der Montag ist gelb, rotgelb wie ein harter Käse, schwer und doch ohne Inhalt. Erst am Dienstag beginnt es langsam wieder zu grünen. Von schöner dunkler satter Farbe ist der Mittwoch. Und ein wundervoll reifer, ernster und mit Gehalt erfüllter Tag ist der Freitag. Der Donnerstag ist ein charakterloser Übergang, Vermittlung. Er zögert und möchte behaglich sein, getraut sich's aber selbst nicht recht ... Blau und stark tönend, ausschwingend und weitausgreifend ist der Samstag. Am Sonntag aber sterben sie alle bei uns ...